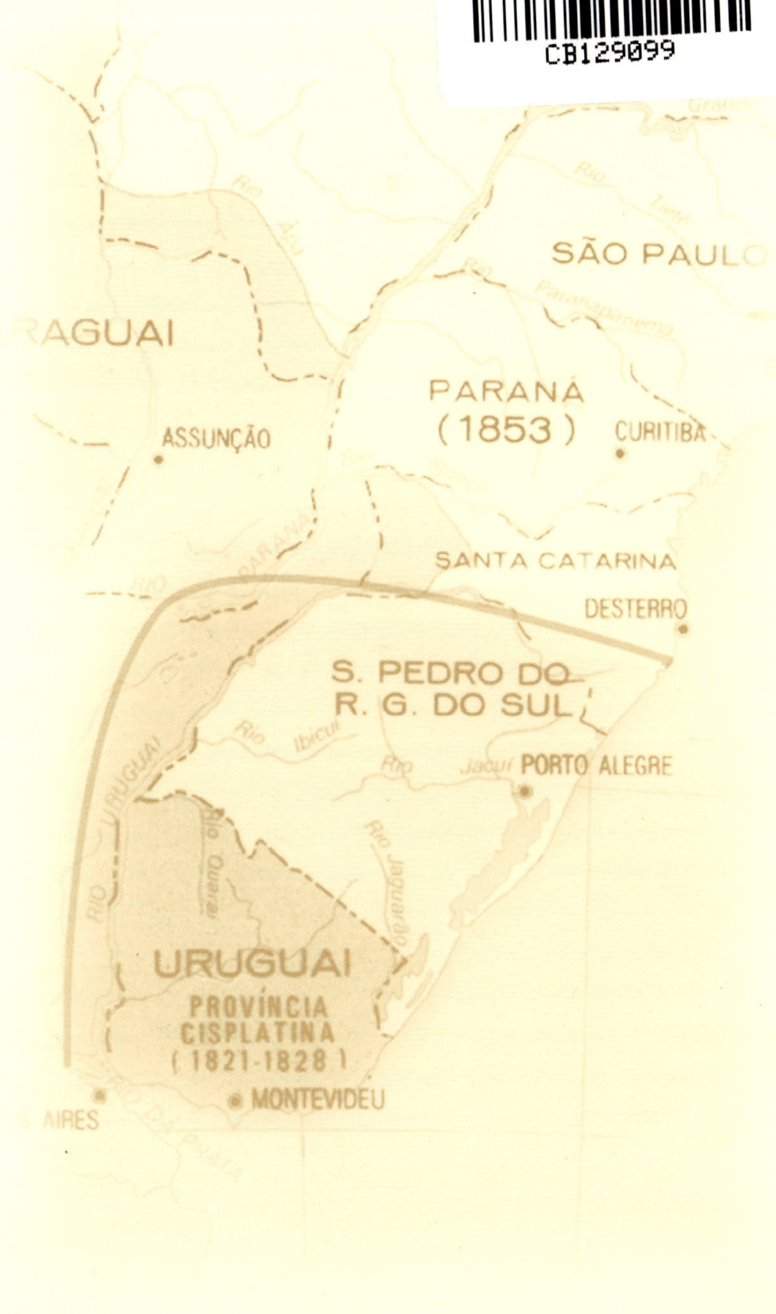
SÃO PAUL
RAGUAI
PARANÁ
(1853)
ASSUNÇÃO
CURITIBA
SANTA CATARINA
DESTERRO
S. PEDRO DO
R. G. DO SUL
Rio Ibicuí
Rio Jacuí
PORTO ALEGRE
RIO URUGUAI
URUGUAI
PROVÍNCIA
CISPLATINA
(1821-1828)
MONTEVIDEU
AIRES

para Eleonora Ramos

Outra obra do autor

Ainda é noite quando o dia amanhece
Salvador, A Folha Editora, 1997.

Antes de entrar no galpão para negociar com os revolucionários gaúchos, o senhor Antonio Ernesto Martins percebeu que havia esquecido a lente de aumento e o punhal. Talvez fossem apenas dois detalhes insignificantes para quem só pretendia debater relações comerciais e diplomáticas, mas também poderiam ser preciosos na hora de discutir com homens acostumados a lutar por questões imaginárias num lugar em que quase ninguém sabia ler, a maioria das pessoas acima dos quarenta anos nada enxergava a menos de dois palmos do nariz e todos reverenciavam as armas como meio de vida. Sem o punhal sentia-se inseguro e sem a lupa estava incapacitado, mas sabia que mesmo desarmado e quase cego não podia perder a oportunidade de participar deste negócio de criar um país onde já existia outro, então, entrou.

Os generais estavam acomodados ao redor de um fogo de chão, à vontade, com os oficiais mais atrás, em pé, atentos, e os soldados empoleirados pelos cantos. O senhor Antonio Ernesto também se ajeitou perto do fogo e, enquanto cogitava uma maneira de apresentar suas propostas sem ter de lê-las, cumprimentou as autoridades presentes, todos ricos estancieiros convertidos em generais, mas notou que ao contrário do que pensava ninguém se interessava em ouvi-lo. Os gaúchos estavam entusiasmados com os últimos informes da guerra e queriam discutir meios efetivos de ampliar a resistência ao Império brasileiro. O Presidente da remota República Rio-Grandense acabara de fugir da cadeia imperial no longínquo Nordeste do Brasil e voltava ao pampa acompanhado de experientes guerreiros italianos capazes de alterar o panorama da revolução. A discussão sobre a implantação do novo sistema de governo liberal republicano perdia terreno para o imediatismo dos combates e todo o planejamento político teria de esperar até a consolidação do poder. Essas eram as informações, em breve seriam fatos, e o que viria depois seria história.

Antonio Ernesto precisava de alguns minutos para avaliar a nova situação, insistia em discutir incertezas administrativas como a legalização do contrabando, a taxação diferenciada de mercadorias e a revisão da composição ministerial provisória, mas o general Zeca Neto, comandante das forças republicanas, não tinha tempo para considerações racionais sobre contingências econômicas, urgia estabelecer prioridades militares, definir alvos estratégicos, distribuir tropas e munições, exercitar, enfim, os instrumentos de defesa e ataque de que dispunha contra as tropas do imperador do Brasil:

— Chega de conversa mole. A luta está recomeçando agora. Vamos organizar este entrevero.

Os revolucionários só saíram do galpão manhã alta, com os passarinhos cantando mais de que os galos, o povoado se espreguiçando à beira do rio coberto pela neblina. Porto Alegre era então pouco mais que um amontoado de casas toscas de madeira e palacetes de pedras, habitados por colonos, funcionários do Governo, mercadores, militares, escravos e índios, à margem de um rio largo como lagoa e cercado de serras, bosques, pântanos e, naquele instante, centauros guerreiros. O passado ainda não existia e o futuro dependia de habilidade e coragem. Antonio Ernesto sabia disso tudo e também do perigo de andar sozinho pelo campo, mas insistia em seguir adiante, bambo no lombo da montaria, confiando que homem e cavalo, pelo menos de vez em quando, podem ser mesmo uma única criatura. Cavalgava de volta para casa ainda atrapalhado com os vapores da madrugada e desapontado com a conversa. Os generais haviam preferido falar de guerra em vez de negócios, todas as idéias e propostas que ajeitara com ardil e carinho durante semanas num canto da cabeça e num arrazoado de papéis foram inúteis, as relações políticas e comerciais do novo país tinham sido relegadas a segundo plano, esquecidas como a lente e o punhal. Sentia-se um revolucionário desiludido, pois além de meio cego e medroso, também estava perdendo a memória.

O sol já esfriava no céu quando o senhor Antonio Ernesto, festejado pelos cachorros, apeou na porta de casa e desabou nos braços de dona Ezil, companheira de vida e sonhos. Cansado e confuso, cochilou para recuperar as forças até a hora de os animais voltarem do pasto, depois bebeu uma chaleira inteira de mate, comeu como uma onça e saiu para esticar os ossos ao redor da casa e explicar à mulher como tinha sido o encontro com os generais, a quantas andava a guerra dos gaúchos contra os brasileiros e o que poderia acontecer de fato com sua terra e sua família.

O casal gostava muito do que era e do que tinha. Havia se conhecido muitos anos antes nas pedras do cais do porto, ele voltando da primeira campanha do Uruguay, com a patente de capitão e o sonho de conquistar tudo o que fosse necessário para ser grande e feliz, ela chegando das terras onde morre o sol, para os lados do Alegrete, misturada à bagagem da família de um estancieiro que desfrutava a agressividade do poder imperial. Antonio Ernesto era, na época, um guasca empinado, como uma estátua de barba cerrada e longos cabelos pretos, e Ezil uma bugra espanholada, rija, cabeleira negra, olhos castanhos e pele cor de cobre.

Tinham hoje três filhos, com nome e sobrenome, abençoados e educados pelos promotores da Santa Sé, um privilégio então reservado à nobreza na colônia, mas que os Veiga Martins conquistaram com a doação de uma dúzia de parelhas de animais e um bom lote de índios aos gerentes do seminário da Aldeia dos Anjos, como o senhor Antonio Ernesto chamava os padres missionários. O método de escolha dos nomes dos filhos fora igual ao dos índios, para desgosto dos religiosos, mas com o mesmo resultado evidente. Os nativos deixavam as crianças crescerem para depois escolher o nome, sendo que este sempre correspondia a um elemento da natureza ou a um simples objeto do cotidiano. Antonio Ernesto e Ezil esperaram um bom tempo até que as feições dos filhos indicassem os nomes adequados. Assim, Ernesto foi batizado de Ernesto porque tinha a cara do pai, como dizia o povo; Ruth ganhou esse nome porque era muito parecida com a ilustração de uma camponesa alemã num livro que o casal tinha lido e esquecido o título; e Artêmio, com a cara típica dos portugueses, nariz grosso e comprido, só poderia mesmo ser chamado de Artêmio. Os Veiga Martins, sem dúvida uma família rural típica da época da colonização, cresceram unidos no mesmo anseio de vida e de felicidade, mas estavam prestes a se dividir em uma guerra por uma nação imaginária.

O casal costumava caminhar abraçado mesmo se estivesse brigando aos gritos. Antonio Ernesto, desta vez, não falava de amor ou qualquer outra ilusão. A madrugada passada no galpão com os revolucionários fora inútil em termos econômicos, mas servira de alerta para o perigo real. Eles agora viviam em dois países ao mesmo tempo, o Império do Brasil e a República Rio-Grandense. O primeiro país já tinha alguns anos de independência da Coroa portuguesa e o segundo ainda lutava para se livrar do primeiro. Os gaúchos combatiam por uma república livre contra os legalistas, soldados da Guarda Nacional e do Exército do Imperador Dom Pedro II, e a guerra se alastrava por toda a região. Ao sul, o Uruguay, dividido entre blancos e colorados, apoiava tanto a República quanto o Império; a oeste, a Argentina, aliada dos imperialistas internacionais, não admitia outro país na Bacía del Plata; a leste, o Oceano Atlântico, disputado a tiros pelas marinhas inglesa e francesa; e ao norte, o Império do Brasil. Os gaúchos rio-grandenses estavam cercados, mas mantinham a espada desembainhada na esperança de não pagar impostos pelo que era seu, um gesto de independência que duraria dez anos, causaria mais de dez mil mortes e acabaria em derrota. Neste triste período de invasões armadas e colonizações forçadas, com extermínio de povos e nações na América do Sul, a revolução da província rio-grandense foi a maior e mais terrível entre todas as guerras de libertação que os gaúchos do pampa promoveram por um país que nunca existiu.

Antonio Ernesto conquistara tudo que possuía, desde as divisas militares às vastas terras que incluíam toda a parede da serra defronte ao mar, peleando ao lado dos imperiais para delimitar e colonizar a fronteira do território português com o espanhol.

Conhecia o poder do brasão do Império e o calibre da fuzilaria da Guarda Nacional, mas também conhecia, e apoiava, os motivos da revolução dos estancieiros. Estes acreditavam que a Província era grande o suficiente, em importância militar e econômica, para que decidisse sozinha por quem seria governada. O Império não admitia discutir a indicação para governador e aos gaúchos não restara outra saída senão decretar a República. A guerra, portanto, era o único meio de consolidar a independência.

Ezil pensava um pouco diferente. Ela não entendia por que havia necessidade de governos e governadores. Os homens deviam cuidar apenas do que era seu, o limite da propriedade de cada um acabava na porteira do vizinho, cada qual deveria cuidar de sua vida e ponto final, governos não tinham importância, só faziam sentido em caso de guerra e, como esse era o caso, ela então concluiu que os Veiga Martins deveriam lutar primeiro por eles mesmos, depois pela República e mais depois ainda pelo Império. O senhor Antonio Ernesto montou no cavalo e saiu a trote para poder rir mais à vontade.

A volta do General Presidente Bento Gonçalves ao campo de luta deu realmente nova vida à revolução dos gaúchos, já combalidos pela rotina de combates inconseqüentes contra um adversário poderoso e sanguinário. Não havia um alqueire de terra no extremo sul do continente que não fosse disputado a pólvora e faca. O Império renovava e fortalecia sua presença na região e os revolucionários, além da própria vida, colocavam tudo que tinham na luta pela República, como cavalos, cachorros, armas, escravos e até mesmo os filhos. O povo do Rio Grande se dividia entre as bravatas revolucionárias e o poder e a riqueza visível do Império brasileiro.

Antonio Ernesto demorou três meses para voltar à capital rio-grandense. Consumia-se de preocupação com o destino da produção das grandes estâncias da campanha e também dos povoados que viravam cidades da noite para o dia, ao contrário dos informes oficiais, com levas e levas de colonos despejados a todo momento no cais à beira do rio. A guerra, na verdade, em vez de afugentar, atraía. E foi para entender melhor o que poderia de fato negociar dali em diante com padres, guerreiros e governantes que Antonio Ernesto aboletou mulher e filhos num carroção e se dispôs a passear por um dia no centro da confusão.

Ernesto e Artêmio haviam acabado de sair do internato na Aldeia dos Anjos, a meio caminho entre o porto e a estância Porteira da Serra, no povoado de Santo Antonio da Patrulha, e pouco se interessavam pelas conversas de revolução. Ruth crescia na capital do Império, o Rio de Janeiro, em doce batalha com letras e números no Sistema Lancaster, o moderno jeito europeu de ensinar às pessoas a forma correta de se comunicar entre si. Os três, na verdade, se preocupavam apenas com artes e ciências incompreensíveis para seus pais, como astronomia, filosofia e literatura. E Ernesto e Artêmio só aceitaram ir ao porto por ser uma ordem expressa do pai e também porque se corroíam de curiosidade para ler a carta de Ruth que chegara na mala postal.

Antonio Ernesto e dona Ezil se prepararam da melhor maneira possível. Ela se cobriu de gazes de algodão e de rendas brancas atadas por cordilhas de aniagem, besuntou-se dos pés à cabeça com óleo destilado de flores do campo e depois jogou sobre os ombros um xale de lã tecido e colorido por ela mesma. Ele vestiu calças de lona, camisa de seda e casaco de couro, e usou para assentar o cabelo a mesma graxa de gordura de porco que lustrara as botas e lubrificara os eixos da carroça. Os filhos ainda desconheciam os meandros da vaidade, preferiram se proteger do frio com os mesmos ponchos de sempre. Então os Veiga Martins atravessaram com as rédeas esticadas, em menos de cinco horas, as pouco mais de dez léguas que separavam a Porteira da Serra do cais da capital. A região era um dos cenários centrais da guerra e tanto podia anoitecer sob cuidados dos imperiais como amanhecer sob domínio republicano, mas eles conheciam o trajeto como se estivessem no quintal de casa.

Depois de recolher a carta de Ruth no serviço postal ao lado do trapiche da alfândega, a família se dividiu em afazeres particulares. O senhor Antonio Ernesto foi procurar os antigos companheiros para se inteirar dos últimos acontecimentos da revolução, dona Ezil desapareceu entre os armazéns de tecidos e ferragens à procura de utensílios indispensáveis ao serviço diário da fazenda, e Ernesto e Artêmio saíram a caminhar sem rumo por mistérios e segredos que proliferavam ao longo do cais. O ritmo de crescimento da capital gaúcha podia ser medido pelo número de embarcações ancoradas no porto e de animais nos potreiros. Porto Alegre efervescia apesar de cercado. No final da tarde, os Veiga Martins se reuniram no mercado e reiniciaram de imediato a volta à casa com medo das sombras da noite e também porque nada mais tinham a fazer na cidade.

Antonio Ernesto não contou à família a realidade da guerra naquele momento. Não reencontrara nenhum dos velhos companheiros, todos mortos ou foragidos, o dono do galpão onde havia sido a última reunião dos republicanos apodrecia no cárcere da

Guarda Nacional, o porto vivia sob absoluto domínio imperial e a revolução parecia isolada na campanha. Conseguira falar apenas com um velho conhecido, um italiano que ele mesmo expulsara do porto anos atrás porque teimava em vender lotes no céu para que as pessoas, depois de mortas, tivessem suas almas refletidas ao luar. O italiano agradeceu a Antonio Ernesto a expulsão porque só assim tivera oportunidade de aprender um novo ofício, agora vivia em prosperidade de lugar em lugar serrando pessoas ao meio. O senhor Antonio Ernesto não se interessou pela mágica macabra, mas teve ali mesmo uma idéia que iria mudar para sempre o destino de sua família. Dona Ezil não ouviu direito o marido porque seguiu toda a viagem contando sobre as maravilhas que vira e mostrando algumas que arrebatara nos armazéns ao longo do cais, uma incontável variedade de objetos domésticos, uns até de vidro, material raro e demasiado frágil para mãos calejadas de colonos, e uma razoável porção de miudezas que manteriam os olhos das índias da estância arregalados por vários dias. Ernesto e Artêmio, por sua vez, silenciaram sobre as descobertas que consideraram mais importantes, como o fato de aprender que as escravas costumavam comer ovos de formiga para ficar com a barriga inchada e depois acusar os desavisados de tê-las engravidado, uma manobra nefasta que insinuava a cizânia até entre as famílias mais civilizadas, educadas sob impiedosa vigilância cristã. A carroça parou diante da varanda da casa quando o carrilhão da estância começava a badalar a meia-noite e o sono já havia vencido o fascínio dos Veiga Martins pelas novidades do porto.

Só no outro dia, depois do jantar, o senhor Antonio Ernesto resolveu mostrar à família a verdadeira notícia que trouxera da cidade. Colocou sobre a mesa um maço de papéis amarrotados, as letras mais negras que o breu: um exemplar do jornal *O Povo*, órgão oficial da República Rio-Grandense, editado e impresso onde fosse possível, às vezes em uma carreta puxada por três parelhas de animais, e sempre com as notícias sobre o Brasil em uma coluna titulada de "O Exterior". Passaram boa parte da noite lendo e relendo o informativo revolucionário e só então o senhor Antonio Ernesto teve coragem de expor seus planos para a participação da família Veiga Martins na guerra pela independência da Província de São Pedro do Rio Grande do Sul.

As decisões anunciadas eram novas e terríveis para todos. O senhor Antonio Ernesto começou seu relato desdenhando de *O Povo* e da carta de Ruth, repleta de novidades sobre descobrimentos e invenções. Alongou-se desmerecendo o preparo dos estancieiros para assumir um governo de fato, "estábulo não é lugar de se definir sistema político e econômico da pátria", e de suas próprias dificuldades insuperáveis com a mente e a visão. Em seguida, foi objetivo: anunciou que entregaria a estância para Ernesto tomar conta, transformaria o forno da olaria em fábrica de canhões e mandaria Artêmio à guerra em defesa da causa republicana. Ezil demorou uns dois ou três minutos para conseguir falar. Perguntou o que aconteceria depois, com ela e com Ruth, quando a estância estivesse arruinada, ele e Ernesto na cadeia e Artêmio morto. O senhor Antonio Ernesto exercitou todo seu estreito vocabulário para responder a contento. Disse que Artêmio, ao contrário do que Ezil pensava, voltaria para casa, isto sim, como general do exército revolucionário, Ernesto faria a fazenda prosperar, plantando e negociando cada dia mais porque o mundo não parava de crescer, e ele, Antonio Ernesto, venderia canhões para os dois lados em combate. Depois da guerra, com as informações que Artêmio recolheria, fariam o mapa exato de toda a região em conflito e do novo país, caso este existisse realmente, e com o capital arrecadado fundariam um banco rural e mercantil, para gerenciar todo o patrimônio da nação emergente. O banco e o mapa, segundo fez questão de ressaltar, com os braços abertos para a imensidão do nada, "são os maiores tesouros da humanidade depois da descoberta do aço e da invenção do elixir paregórico". Ainda aproveitou para chamar os republicanos de contrabandistas e caloteiros e disse que o Brasil era comandado por um padre safado e um gurizinho tirano, sem citar os nomes do Regente e do Imperador. Ao fim de meia hora de outras considerações desconcertantes, concluiu que de um jeito ou de outro ficariam muito ricos e poderosos, pois se os revolucionários vencessem, a Porteira da Serra seria Província da nova República e ele nomeado governador, e se os imperiais ganhassem, poderia comprar um título de duque e passar a viver como um nobre, "explorando os empréstimos financeiros que no futuro serão a alavanca propulsora da humanidade". Ezil e os filhos ficaram longo tempo em silêncio, sem conseguir fechar a boca, a conversa estava tão longe do que eles conheciam como realidade que desistiram de discutir: ela se retirou para o quarto de cabeça baixa, certa de que a ignorância e a demência são parentes muito próximas; Ernesto se apressou em procurar briga de brincadeira com os peões na estrebaria; Artêmio resolveu passar a noite caçando ratões-do-banhado para não pensar no assunto e o senhor Antonio Ernesto ficou sentado sozinho à mesa, remoendo seu delírio. Nada mudaria sua decisão. Só os resultados é que seriam outros e muito mais sinistros.

Ezil se indispôs de verdade com o marido quando ele cismou de comprar sinos para transformá-los em canhões. O clero do porto tinha um arsenal de sinos para semear pela Província na esperança de batizar e marcar cada povoado que porventura se erguesse em terras imperiais. Dona Ezil escreveu a Ruth implorando que adiasse sua volta à casa, pediu a Ernesto que não cumprisse as ordens do pai e sugeriu a Artêmio que embarcasse num buque para Portugal, onde poderia continuar os estudos. O senhor Antonio Ernesto, ao contrário, escreveu para a filha ordenando que voltasse de imediato, entregou de fato toda a lida diária da fazenda ao primogênito e começou a adestrar Artêmio nas artes da guerra, passando a chamá-lo, em tom solene, de capitão Artêmio Martins. Assim, vinte anos depois de ter sido erguida como o exemplo de um sonho, a fazenda Porteira da Serra começava a ruir por dentro. O senhor Antonio Ernesto não sabia como encaminhar seus conhecimentos, posses e ambições diante de uma situação inesperada como uma revolução por independência e liberdade.

Sem importar-se com os jacarés, Dora Elisa, filha do vendeiro do povoado de Santo Antonio da Patrulha, estava deitada na grama da beira do rio aproveitando o sol do veranico. Artêmio se aproximou devagar e apeou sem ruído. Sua montaria, um tordilho argentino, parecia entender de silêncios e excitações como qualquer pessoa bem-educada. Antes de tirar Dora Elisa do torpor matinal, ficou admirando por instantes a cor de pele madura, os cabelos negros brilhantes, o corpo da mulher mais linda que jamais tinha visto. Conhecia todos os seus caminhos, poderia desenhá-la inteira sem olhar, sem esquecer qualquer detalhe, qualquer curva, subida ou entrada. Aprenderam a nadar juntos, a subir em árvore, a montar, a se perder no mato, e beijaram-se a primeira vez, ainda crianças, atrás dos potreiros, imitando os carinhos dos cavalos. Jamais esqueceram o gosto estranho na boca, nem fruta nem caça, o gosto da paixão, muito mais que uma brincadeira. Artêmio vira os seios de Dora Elisa crescer, verão a verão, até ficar como eram neste instante, como duas coxilhas firmes e macias. Tinha ganas de mordê-la, e foi assim que a acordou.

Dora Elisa despertou gritando de pavor e rindo de felicidade. Os dois fizeram tal alarido na beira do rio que peixes e pássaros acharam melhor se retirar. Rolaram no capim, estapearam-se, correram ao redor deles mesmos, até que cansaram e montaram nos cavalos, saindo a trote, a maneira dos gaúchos conversarem mais à vontade. Dora Elisa pressentiu a má notícia. Artêmio ainda mostrou um poema dedicado a ela antes de criar coragem para contar que dali em diante seria mesmo, de verdade, um guerreiro sem deus, sem rei e sem lei. Um centauro. Dora desamassou o papel de linho e leu em silêncio as letras desenhadas a cera:

> Eu não quero a flor no alto da montanha,
> eu quero é escalar a montanha.

Trotaram em silêncio por alguns minutos, depois pararam dentro da lagoa, a água cobrindo seus pés e batendo na barriga das montarias, gostavam de dar de beber aos animais sem que eles precisassem abaixar demais o pescoço, não havia nenhum benefício nisso, apenas mania, como a de ouvir os índios sobre as aventuras da lua e do sol na criação da humanidade só para comparar com a lenda do filho de Deus. Os dois imaginavam que já sabiam de tudo o que precisavam saber. Sabiam separar cogumelos e rãs comestíveis de fungos e sapos venenosos, sabiam da revolução, das gabolices dos gaúchos, das injustiças do Império, dos romances franceses, da puxada curta para fisgar jundiá; sabiam de tudo, inclusive que a vida estava separando os dois para sempre. Então, Dora perguntou por perguntar, a resposta não faria diferença:

— E quando tu vais embora?

Artêmio disse que não estava indo embora, estava indo para a guerra e, se não morresse, voltaria. Foi o suficiente para encerrar o assunto, renderam-se ao silêncio, sempre boa companhia para duas pessoas que se gostam e não têm mais o que dizer uma à outra.

Alguns dias depois, à frente de três oficiais, todas as patentes definidas por seu pai, dez soldados, um índio guia-de-mato, uma mulher de serviço, uma carroça de carga, vinte cavalos e éguas, quatro mulas e doze cães, o capitão Artêmio Martins começou a longa subida ao mundo azul da serra. Completava dezoito anos de idade e só sabia a data do dia, 14 de maio de 1838, porque era seu aniversário. Pensava em tudo naquele instante, o cavalo riscando o chão com os cascos como se fosse ele com os pés, podia ver lá embaixo os sinos enfileirados na olaria e as pessoas acenando panos brancos, só não imaginava que a cada passo mato adentro distanciava-se do sonho dramático de seu pai e daquela gente que não veria nunca mais ao mesmo tempo que se aproximava das guerras de verdade, com traições e mortes, e outros enigmas que teria de decifrar dali em diante, como amor, ódio e loucura.

Quando o senhor Amadeu Romano ouviu os estampidos dos canhões imaginou que fossem salvas para a chegada do navio ao porto e levou a família às pressas para o convés, mas eram apenas os revolucionários bombardeando os fundos do Palácio do Governo e da Igreja da Matriz. O veleiro ancorou sem dificuldades no cais, apesar da ventania e de ter chegado no exato momento do início de mais um ataque à capital rio-grandense. Os imperiais controlavam o porto e o alto dos morros, os republicanos dominavam a várzea e os caminhos para o campo e a serra. O bombardeio soava como uma eventualidade natural na rotina da cidade sitiada.

A família Romano desceu do soalho de madeira marinha para as pedras do cais com altivez e arrogância próprias dos moradores da capital do Império. O senhor Amadeu Romano trazia documentos lacrados com o selo imperial e o título de Magistrado da Corte. Trazia também esposa, filha única, meia dúzia de serviçais, outra meia dúzia de escravos e um magote de baús, caixotes, sacos e sacolas. Apresentou-se às autoridades do porto e aos oficiais da Guarda Nacional como enviado do Império para assumir o Fórum do Distrito do Alegrete. O tenente da aduana, sorrindo da ingenuidade dos paisanos, perguntou se era o mesmo Alegrete que poucos dias antes os revolucionários tinham anunciado como a nova "capital da República". O senhor Amadeu Romano entendeu, então, ainda com o nariz empinado, por que aqueles homens de cara fechada, que pareciam acostumados a ver os modernos exemplos de civilização apenas como simples barbaridades, não lhes davam a menor atenção. De fato, naquele momento e lugar, a família Romano e todos os seus inestimáveis pertences não valiam uma enfiada de traíras. E, como se quisesse apenas piorar a situação, o tenente informou que não cederia escolta militar à comitiva porque toda a região do pampa estava ocupada pelos inimigos.

O senhor Amadeu Romano teve naquele instante o primeiro e inesperado acesso de fúria em solo gaúcho. Subiu sozinho, esbaforido, a ladeira de lama até o Tribunal de Justiça. Voltou meia hora depois, esbaforindo-se em dobro. Passou outra meia hora andando de um lado para o outro, nervoso, até que decidiu ouvir a família sobre o que deveriam fazer, se voltariam ao veleiro, ao Rio de Janeiro, à Corte indolente, ou seguiriam em frente, em direção ao desconhecido. A senhora Vanda Romano, como faria ainda muitas vezes depois dos seguidos descontroles do marido, anunciou que acataria qualquer decisão. Os escravos e serviçais não se atreveram a opinar. A filha única, Helena, aproveitou para coadjuvar à altura a cena teatral protagonizada pelo pai. Subiu numa pilha de baús, sorriu feliz e apontou para o sol, para as terras de depois do rio, para onde estava a guerra de verdade, para os centauros:

— Vamos em frente, é para lá que está o futuro.

O Rio Grande sempre amanhece coberto de orvalho. No inverno, pode-se acariciar o manto de gelo invisível que cobre todas as coisas deixadas ao relento. Pegam-se os grilos pelas asas congeladas e quebra-se o espelho das poças d'água com um simples toque de dedo. O sol demora a se desvencilhar das serras até cobrir campo, coxilhas, todo o pampa, com seus raios de luz amarela e morna. Os gaúchos, nesses dias, costumam despertar agarrados a uma cuia de chá de erva-mate bem quente. Enquanto cevam o chimarrão, mastigam qualquer besteirinha de galpão, como um naco de queijo ou de morcilha. Sem essas providências mínimas, o peito racha de tanto frio.

O senhor Amadeu Romano amanheceu seu primeiro dia na campanha gaúcha mal-humorado, esfomeado, em pé, com as mãos na cintura, em uma chata de areia no meio do Rio Pardo. Na proa da embarcação, coberto por uma manta de couro curtido, a barba embranquecida pela geada, olhos fixos na bruma da manhã, parecia uma daquelas carrancas que os antigos navegantes usavam para afastar maus espíritos. A balsa saíra de madrugada do porto, com passageiros e bagagens, em direção à região dominada pela revolução. Os olhinhos claros de Helena, sem se preocupar com frio ou fome, se encantavam com a paisagem selvagem. Bandos de bugios estremeciam as copas das árvores e antas e onças farejavam a beira do rio à procura da primeira refeição do dia, e gaviões, falcões, sabiás, quero-queros, todos os pássaros da terra, de todas as cores e tamanhos, riscavam o ar gelado em busca de calor. Então, com o senhor Amadeu enraivecido, dona Vanda adormecida, escravos tiritando de frio e Helena maravilhada, o Rio Grande alvorecia entre lampejos de indiferença, ódio e deslumbramento.

Quando o senhor Romano ouviu novos estampidos de canhão

pensou que fosse outro ataque dos revolucionários, mas desta vez eles comemoravam apenas a primeira execução do hino republicano. A chata atracou no cais da vila de Rio Pardo sem atrair a atenção de ninguém. Todos estavam na praça pública assistindo à apresentação da banda do maestro Medanha. O artista ilustre acabara de musicar versos épicos do poeta Vicente da Fontoura anunciando ao mundo a criação da República Rio-Grandense. O senhor Amadeu Romano agradeceu aos céus a súbita distração cívica do povo e das autoridades e tratou de seguir viagem sem ouvir direito que todos cantavam a plenos pulmões o estribilho "da gostosa liberdade / brilha entre nós o clarão". Com dois gritos e um punhado de moedas arranjou tudo que precisava e, em instantes, passou o que tinha, mulher, filha, escravos e bagagem, para o lombo de quatro montarias e dois carroções puxados a mula. Mas quando embicou na trilha da campanha, teve a passagem obstruída por um piquete de cavaleiros armados. O general João Antonio da Silveira, comandante de tropa do exército republicano, apresentou a guerra, em carne e osso, à família Romano.

João Antonio era um homem de decisões rápidas, talvez o mais eficiente e temido dos generais-de-campo de Bento e Zeca Neto. O povo do pampa, a gauchada, e até os militares inimigos o consideravam um homem justo. Não saqueava nem mandava degolar. Lutava para livrar o Rio Grande do jugo do Império do Brasil, apenas isso. E foi isso que demonstrou ao senhor Amadeu Romano. Rasgou a nomeação de magistrado imperial em quatro pedaços, jogou no chão, pisou em cima e amassou como se fosse a cabeça de uma cobra. Depois deu um largo sorriso e estendeu a mão, oferecendo boas-vindas:

— Agora tu és igual a todos nós. Podes seguir tua viagem. Só não esquece que aqui é um país livre, com Constituição, hino e Exército. E um país que precisa de homens de letras como tu, lá no Alegrete.

Ainda aturdido pela lógica revolucionária, Amadeu Romano deu ordem para a comitiva partir. João Antonio não perdeu a oportunidade de um galanteio, moda eterna e tão a gosto dos gaúchos:

— Cuida bem da família, senhor magistrado. Esta tua guria, se crescer mais um tantinho, vai ser a mulher mais bonita do mundo.

Os cavaleiros riram, Helena enrubesceu e Amadeu Romano fechou a cara outra vez. Mais adiante, a salvo, reiniciou seu discurso contra a revolução, embora já sem muita convicção, os guerreiros de João Antonio haviam quebrado seu moral imperial, pois não tocaram na bagagem nem pegaram uma moeda sequer. Perguntou para dona Vanda se ela tinha notado o estado lastimável dos combatentes, a maioria não vestia nem casaco para se abrigar do frio, o próprio general João Antonio se agasalhava apenas com um poncho preto, encardido e desfiado. Dona Vanda retrucou baixinho:

— São uns farroupilhas. Esta é uma revolução de esfarrapados.

A revolta do Rio Grande vivia seu quarto ano e não estava nem na metade. Os gaúchos começavam a pagar caro pela ousadia da libertação. A bravata dos estancieiros não poderia durar a vida toda. Precisavam de armas, munição, roupas, ferramentas, tudo. Caçavam animais selvagens para poder comer, as armas de fogo enferrujavam e acabavam substituídas por lanças de madeira, um simples facão valia pelo menos a vida de seu dono. Mas de todas as dificuldades, talvez a mais grave e evidente fosse a falta de roupas. O exército republicano se transformava a cada dia em pouco mais do que um agrupamento de molambos esfarrapados. Armas de fogo eles ainda podiam pegar dos inimigos mortos em combate, mas não tinham onde conseguir roupas, e as poucas que possuíam se estraçalhavam nos matos. A capital da província continuava nas mãos do Império. A capital provisória dos revolucionários, o povoado do Alegrete, era pouco mais que um esconderijo seguro, às portas da fronteira com a Argentina. Os republicanos também sofriam com a falta de uma estratégia militar objetiva, um esquema mínimo de ocupação e dominação. Os imperiais, ao contrário, mantinham suas posições, certos de que tudo se resolveria com o tempo. Os gaúchos não tinham condições materiais de organizar a República, mas os brasileiros, entretanto, pareciam cada vez mais poderosos, com apoio militar e financeiro da Inglaterra. A guerra ainda não estava decidida, mas já referendava um antigo apelido popular como nome para fazer história: Guerra dos Farrapos.

O senhor Amadeu Romano não pôde deixar de admirar a beleza do pampa, um mar de campos verdejantes ondulados de coxilhas até o encontro com o céu, no horizonte, uma paisagem que convida o homem a cavalgar, a terra dos centauros. A comitiva dos Romano seguia em paz no caminho preferido dos revolucionários, nada a temer, os republicanos eram senhores do campo, os imperiais não atacavam, apenas se defendiam, pelo menos por enquanto. Dona Vanda aproveitou a calmaria e o solzinho fraco para dormir a sono solto na boléia da carroça. Helena não conseguia tirar da cabeça a imagem dos cavaleiros de João Antonio. Aqueles homens eram os centauros de quem tanto se falava nos salões elegantes da Corte. Estivera cara a cara com a fera e a fera gostara dela, a achara bonita, parecia incapaz de lhe fazer mal. Romanceava em torno do vulto de um guerreiro imaginário sem saber que o único amor de sua vida viria mesmo dos centauros, mas que também a grande tragédia final chegaria pelas mãos deles.

A primeira ação militar da patrulha do capitão Artêmio Martins terminou em vexame, a segunda rendeu uma retirada estratégica e a terceira serviu para que aprendessem a matar. O capitão e seus homens, nos primeiros dois anos de combate voluntário e sem comando superior, erraram pelas trilhas e caminhos do planalto, confundiram colonos com inimigos, atacaram igrejas e quartéis abandonados, mas não conseguiram acertar o passo no rumo dos sonhos do senhor Antonio Ernesto. Logo nos primeiros entreveros de campo, o capitão percebeu que nada havia para saquear naquela terra desolada e era impossível desenhar o mapa da nova República porque esta era apenas uma nação imaginária. A patrulha da serra, na verdade, agora que estava no meio da guerra, não sabia direito o que fazer.

O piquete do capitão-guri, como ficou conhecido pelo povo do planalto, se refugiou longo tempo num povoado de colonos alemães, numa das curvas da nascente do Rio Uruguay, como se estivesse mergulhado no tempero à espera da hora de ir ao fogo. Artêmio perdeu meses pescando e caçando e ouvindo a música do violino dos alemães, mas pelo menos aproveitou a preguiça ou o pasmo provocado pelo choque do sonho com a realidade para conhecer melhor seus companheiros. Naquele momento eram apenas sete homens. As carroças, os mantimentos, as ferramentas, a mulher de serviço e a cachorrada tinham se perdido no primeiro encontro com as tropas imperiais. Restavam ele, o capitão Luís Mitres, os tenentes Guarasca e Pedro Paco, o cabo Leonel, o soldado Nego Luna e o índio Zaino, guia-de-mato. Eles eram a patrulha da serra. Mitres comandava de fato. Artêmio se dividia entre o que aprendera na fazenda e na escola, os valores morais e cristãos da sociedade emergente, e a realidade da vida, os ataques e assaltos da guerra, onde a força bruta é senhora absoluta.

Todos respeitavam o capitão-guri por ser filho de um homem poderoso, mas aprenderam a admirá-lo de verdade depois dos três primeiros combates. O segundo capitão Mitres era o único com treino de guerra. Vinha da Argentina ou do Uruguay ou do Paraguay, ninguém poderia dizer ao certo, sabiam apenas que falava o charlado natural da fronteira e se comportava como um centauro. Os outros eram pouco mais que simples vagabundos do porto, contratados por meia dúzia de patacões de prata. A patrulha inexperiente perdera quase tudo que tinha logo no primeiro encontro para valer com os imperiais, mas soubera recuar na hora certa, no segundo, e batizara-se no fio do facão, no terceiro.

Artêmio comandara, na mais pura intuição, um ataque surpresa a uma comitiva de negociadores uruguaios de passagem para São Paulo, onde pretendiam acertar os novos limites fronteiriços de seu país com o Império do Brasil. A patrulha liquidara os inimigos da República Rio-Grandense em pouco menos de cinco minutos de combate, fazendo apenas um prisioneiro, monsenhor Diego Dória, só porque o capitão queria se informar sobre a guerra.

Dois dias depois de aprisionado, o monsenhor Diego escapou correndo mato adentro, sem ninguém o perseguir, levantando a barra da batina como uma velha escandalosa e blasfemando igual índio xucro, mas plantou uma semente de dúvida na cabeça dos dois capitães. Monsenhor anunciara que um exército invencível, comandado por um homem justo, o general Carlos Antonio López, estava pronto a intervir no Império do Brasil e na arena sangrenta do pampa argentino para defender a soberania da sagrada República da Banda Oriental do Uruguay e assim garantir a liberdade a todos os povos da América do Sul; o exército de López sabia fundir as próprias armas, era mais alto e mais forte que o inimigo e lutaria até a morte por sua pátria, ao contrário dos carniceiros mercenários do Brasil, seguidos por levas de negros descalços e mal alimentados. O padre dissera também que as revoltas absurdas na Província do Rio Grande, com os chamados farroupilhas, e dentro de seu país, com os colorados do caudilho Frutuoso Rivera, acabariam servindo de pretexto para unir Inglaterra, Argentina e Brasil contra Uruguay e Paraguay, e que a República Rio-Grandense seria varrida do mapa e o sangue de seus filhos adubaria a terra livre de uma nação assassina e as almas desses criminosos iriam vagar sem descanso até o dia do Juízo Final quando então seriam encaminhadas à santíssima fogueira do suplício e tantas outras barbaridades que Artêmio e Mitres nem entenderam direito. Os dois só tinham uma certeza: a história mudava de sentido cada vez que alguém a contava. Mas nem a versão verdadeira, caso houvesse, importava a eles. Seguiriam até o fim, fosse aonde fosse. Brindaram com cachaça na guampa.

O capitão prometera a si mesmo e a seus homens deixar o inverno escorrer inteiro para então tomar tenência na vida, entretanto, já se ia a primavera e ele só tinha vontade de ouvir a música dos colonos que vinha no lombo do vento e movimentava o espetáculo diante de seus olhos, a natureza no fim do dia. Sentia-se amadurecer como uma fruta a cada pôr-do-sol, percebia as unhas crescendo, o rosto endurecendo, o menino estudioso do internato dos padres, o guri encapetado da fazenda, estes se transformavam em fantasmas de desilusões, perdiam-se para sempre entre os segredos da natureza e os enigmas da realidade. Mas foi justo um mistério natural, numa manhã de sol brilhante, que reagrupou a patrulha da serra de volta ao seu destino.

A lua estava engolindo o sol. Escura, tão escura que de imediato o dia anoiteceu. Nego Luna se jogou ao chão, os outros se postaram de joelhos, Mitres e Guarasca desembainharam as espadas, o capitão Artêmio Martins apenas riu com o susto e a ignorância de seus homens. O sol reapareceu aos poucos do outro lado da lua e o dia foi voltando devagarinho, claro, limpo, e logo ninguém mais conseguia olhar, o brilho da vida, a normalidade, resplandecia no ar. Passaram o resto do dia num barranco à beira do rio, o capitão tentando explicar que a lua apenas havia passado à frente do sol, era natural, iriam ver outras vezes em suas vidas e não lhes valeria para nada. Daquele momento em diante, Artêmio decidiu que estava mais do que na hora de voltar à civilização e parar de apodrecer num canto do mundo, mesmo que este fosse o paraíso.

Um velho andarilho sem pátria e sem missão foi quem recolocou a patrulha no caminho da guerra. Chegou ao povoado numa carretinha puxada por uma mula, arrastando caixotes de quinquilharias inúteis, mas com uma maravilha embrulhada em trapos encardidos que encantou a todos. Colonos e guerreiros ficaram extasiados com o que viram. Só o capitão não se surpreendeu porque sabia muito bem que um grande pedaço de vidro emoldurado de madeira e coberto num dos lados por um tecido preto não passava de um arremedo de espelho, um simples espelho. E era com o espelho que o velho andarilho sobrevivia. Os colonos e os guerreiros fizeram fila para contemplar a si mesmos.

Em um dia de exposição do espelho debaixo de uma paineira coberta de barba-de-pau, o velho arrecadou aipins, sal, toucinho, chaleira, esporas de prata, chapéus de feltro, uma infinidade de riquezas que valiam bem mais do que de fato merecia. Enquanto vigiava o desfile de curiosos, oferecia-se para cortar cabelo e barba. O capitão-guri resolveu experimentar, nunca havia cortado os pêlos que se acumulavam no queixo e debaixo do nariz. Examinou com os olhos a navalha de aço que o velho afiava numa pedra de ferro, fez sinal a Mitres para prestar atenção, sentou na cadeira e, confiante, estirou o pescoço. Mitres se postou atrás, braços cruzados, sorriso cínico. Os dois ouviram em seguida o que jamais poderiam sequer imaginar.

O mapa da guerra mudava outra vez. O ano de 1839 tinha sido duro, mas favorável à revolução, e o de 1840 estava sendo fundamental. Bento conquistara várias vitórias importantes, mas governava uma nação imaginária, a realidade ainda se escrevia com tintas e interesses do Império. Havia mais generais no campo do que índios na floresta. E havia mais colonos invadindo o país do que estrelas no universo. O mapa do mundo também mudava. O povo não andava mais a cavalo ou a vela, andava a vapor. Os padres continuavam a ocupar os melhores lugares da terra em nome do céu. A França tinha acabado, a Inglaterra herdara os mares. E a maior novidade de todas, os mortos podiam ser conservados como vivos, embora não pudessem falar ou se mexer ou fazer coisa alguma.

Artêmio cansou do fraseado amalucado, dos detalhes da guerra, fechou os olhos e cochilou. Acordou em seguida com o velho explicando a Mitres que um homem está no caminho irremediável de uma vistosa careca quando tem menos de oito mil fios de cabelos aos quarenta anos. O capitão desligou de vez da demonstração de sabedoria inútil do primeiro barbeiro que conhecera na vida e tratou de se olhar no espelho para ver como tinha ficado sua aparência. E viu a cara de um guri envelhecido. Uma cara limpa, parecia avermelhada pelo roçar da navalha, mas dura, reta como a dos velhos. Reparou em seus trajes. Olhou de cima a baixo, quase não acreditava que fosse ele aquele homem refletido dos pés à cabeça. Vestia uma calça de lona puída nos joelhos, um chiripá imundo amarrado na cintura, um camisolão de mangas largas que tinha sido branco um dia, um lenço preto em volta do pescoço; calçava alpargatas de couro atadas até as canelas, e por cima de tudo um punhal atravessado no cinto. Aquilo era o capitão Artêmio Martins. Olhou no fundo de seus olhos tentando enxergar mais alguma coisa. Então achou que via seu pai discursando com naturalidade para uma boiada, seu irmão combatendo sozinho um batalhão, a irmã Ruth rodopiando num baile da Corte, dona Ezil amamentando escravos recém-nascidos, mapas incompreensíveis, baús repletos de ouro, centauros escoiceando o ar, navios em chamas, um bando de índias nuas e Dora Elisa linda, como a rainha de uma lenda, também toda nua, sorrindo para ele, e só despertou quando sua imaginação começava a esboçar um pelotão de fuzilamento.

Mitres e o velho acirravam a discussão, o velho tentando provar que sabia de tudo e Mitres mostrando, de qualquer maneira, que não acreditava em nada. Enquanto os dois batiam boca, Artêmio entendeu que não podia ficar parado, à margem de uma guerra da qual ainda não compreendia o alcance e muito menos agora, no instante em que o mundo parecia ter desembestado de vez no rumo do futuro. Sua única dúvida era saber para que lado ir. Gostaria de voltar à Porteira da Serra, ao campo juncado da beira da lagoa, ao mingau quentinho na manhã gelada, aos seios de Dora Elisa, aos livros, aos sonhos, mas não tinha o que mostrar ou contar a seu pai. Precisava seguir em frente, o seu norte era o sul.

A patrulha se preparava para partir conforme os homens acordavam. Mitres e o velho ainda discutiam os mais improváveis assuntos e personagens históricos, como filosofia e Revolução Francesa, Rousseau e Montesquieu, e o capitão se perguntava quem seria, de verdade, e de onde teria vindo o seu companheiro de piquete. Como um homem comprado barato para lutar por causas alheias podia saber tanto? Quando boleou a perna e esporeou o cavalo de leve para sair a passo, aumentou sua curiosidade porque ouviu Mitres ressaltar a importância da criação de escolas públicas, "pois só assim, com o povo educado na ciência das palavras e dos números, se poderá construir uma nação de verdade". O velho barbeiro esticou ao máximo seu corpo esquelético para retrucar com alegria que as escolas serviam apenas para criar classes dirigentes e que uma nação mesmo não carecia de Estado. Mitres ficou parado, montado, discutindo aos brados, enquanto a patrulha da serra trotava no rumo de Caçapava, onde diziam ser agora a nova capital da República Rio-Grandense.

Escondidos atrás de um capão cerrado no alto de uma coxilha, observaram por longas horas o intenso movimento no pequeno povoado de casas baixas, uma igreja, um único sobrado, nenhuma torre de vigia. Centenas de pessoas a pé, a cavalo, de carroça, um vaivém incessante, só tinham visto burburinho igual no centro de Porto Alegre. Nego Luna emprestou ao capitão o sextante que roubara dos uruguaios, "repara que só tem gente armada". A claridade do sol no meio da tarde à porta do pampa gaúcho era intensa, parecia cobrir a terra com tinta de luz, o capitão preferia olhar sem a luneta, via tudo.

Um tropel às costas acordou a patrulha do torpor da espia. Quando viraram, viram que não podiam fazer mais nada. Um grupo de cavaleiros galopava direto para eles, lado a lado, como um leque de lanças. Ao centro, estandarte tricolor, homens de capa. Dois corpos à frente, o cavalo do índio Zaino com o Zaino atravessado na sela, a cabeça batendo nos estribos. A patrulha quase se persignava de tanto medo não fosse um grito do capitão:

— Calma, bando de bagual. É gente nossa.

A tropa parou as montarias a dez passos da patrulha da serra e a envolveu como uma ferradura. Não havia por onde sair. Às costas, o capão. À frente, a ponta da lança. Era a revolução em carne, osso, farrapos, lâminas e chumbo, sem dúvida. Os farroupilhas não disseram uma palavra. O que parecia ser o chefe, coberto por uns trapos negros, ergueu o queixo numa ordem muda e direta de "comece a falar"! O capitão encheu seus homens de orgulho quando discursou inspirado pela certeza de ter apenas alguns segundos de vida e de que dependia exatamente do que diria:

— *Buenas!* Somos a patrulha avançada da Porteira da Serra em guerra contra o Império do Brasil pela liberdade do Rio Grande. Procuramos o exército de Bento Gonçalves para darmos conta de nossos feitos. Queremos combater os escravos do Imperador tirano. Sou o capitão de guerrilha Artêmio Sávio da Veiga Martins. Estes são guerreiros sob meu comando e estamos prontos, em nome do Rio Grande, a desembainhar nossas armas se os senhores não forem soldados da mesma causa.

O comandante farroupilha baixou a cabeça e começou a rir. Os soldados também riram, os cavalos relincharam. Artêmio notou que homem e animal reagiam juntos como se fossem uma única criatura, então teve certeza de que aquele homem sereno e determinado, vestido com um poncho preto encardido, era o general João Antonio da Silveira e aqueles guerreiros não podiam ser outros senão os centauros. O comandante fez um gesto largo para a tropa, tocou o cavalo no rumo de Caçapava e disse para Artêmio apenas "te manda, guri". O capitão sorriu, correu para o cavalo, montou num salto e seguiu o rastro da tropa revolucionária:

— Desamarrem o índio e vamos para a capital da República. Já chegamos.

Cerraram fileira no rabo da tropa do general João Antonio. Não poderia haver orgulho maior para um combatente gaúcho do que cavalgar na esteira do general da capa preta, embora a patrulha da serra nem soubesse disso. Entraram no povoado-capital a galope e não teve um vivente sequer, o capitão reparou bem, que deixasse de se curvar quando o cavaleiro negro esfarrapado passava. Apearam defronte a um armazém e um sobrado de alvenaria, a casa do governo republicano, bandeira rio-grandense fincada no pátio. O general João Antonio colocou o braço sobre os ombros do capitão e este se sentiu empurrado gentilmente em direção à casa, com uma capa negra e suja às costas. João Antonio falou firme, olhando dentro dos olhos do capitão:

— Então, meu guri, tu estás disposto a morrer por nada?

Artêmio, mesmo assustado com tantas deferências do povo àquele cavaleiro que o carregava como a um velho amigo, teve a ousadia de discordar:

— Não, general. Estou disposto a morrer por tudo!

O general riu alto, todos riram juntos, os dois entraram.

O capitão chegou de volta ao arraial com noite alta, estrelada, um manto condecorado sobre a campina, a capital republicana saudava mais uma noite de liberdade. Reuniu os homens da patrulha para dar um balanço na missão. Ouviu o que todos tinham a dizer, não tocou na aguardente e só prestou atenção mesmo no cabo Leonel, espécie de encarregado oficial de reunir informações. O ano estava sendo terrível para os farroupilhas. Muitos reveses na lagoa e nos campos para a Banda Oriental. A guerra poderia terminar muito mal se Bento não organizasse uma ofensiva em larga escala a Porto Alegre. O relato de Leonel irritou o capitão quando esse afirmou que Caçapava era apenas um sonho, capital de coisa alguma. "Os generais só estão por aqui porque é mais seguro, mas se as tropas imperiais atacarem nesse momento, por exemplo, acaba a República Rio-Grandense." O capitão deu um salto e espatifou a cuia de chimarrão no chão:

— Tu estás dizendo besteiras! Não é nada disso!

Resfolegou em volta da fogueira até que sentou numa sela atirada no chão e começou a falar o que ele imaginava ser a verdade absoluta sobre a guerra:

— Os tempos são duros para a causa republicana, todo mundo sabe disso. Muita gente morreu, muita arma e muito animal se perdeu. A nação é pobre, nasceu à luz da guerra, muito terá de penar para ser livre, este é o custo da liberdade. Mas não podemos esquecer que os inimigos também estão em guerra e também perderam muita gente, muito animal, muita arma. Os dois exércitos estão cansados. Um golpe basta para vencer a guerra, resta saber quem o dará primeiro. Quem assim o fizer, poderá vencer. E só assim, com a vitória na guerra, esta nação começará a caminhar para o futuro. Agora estamos engatinhando com o facão em punho. Amanhã, talvez, colheremos flores no fio da espada para oferecer à prenda na garupa do tordilho.

Os soldados da patrulha da serra riram, o capitão-guri também sabia contar uma história. Ouviram com prazer que a revolução continuaria, com vitória ou derrota, não importava. O capitão anunciou que tinha alistado a todos nas forças do general Bento Gonçalves, sob comando direto do general João Antonio. Eram agora centauros guerreiros à espera da primeira batalha verdadeira, que não deveria tardar. Mitres aproveitou para informar que a carroça de tipografia estava na vila. Ela mesmo, a gloriosa carroça que documentava a revolução. Um manifesto de Bento havia sido impresso enquanto os farroupilhas corriam pela campina sob fogo inimigo na retirada de Piratini. Mas mesmo diante do entusiasmo dos dois capitães, a atenção da patrulha dispersou com a história confusa da carroça gloriosa que servia tanto à República quanto à espada no dizer do capitão Artêmio. Era hora de procurar algo para fazer na noite azul. Uns foram para o fandango e churrasqueada na cavalhada, outros foram perder as últimas moedas em jogos sentados em volta da fogueira e os mais velhos se dirigiram à zona das putas, ao cabaré de uma madame castelhana onde podiam beber, dançar e fornicar à vontade com a mulherada. O capitão Artêmio Martins ficou só, na noite quente, tentando decifrar os mistérios da impressão a trote.

O novo dia amanheceu ainda mais quente que o anterior. O capitão conferiu a patrulha, todos por ali, jogados ao chão, dormindo bêbados. O cabo Leonel se aproximou devagar. Sentou ao lado do capitão e falou baixinho, como se ainda estivesse ressentido da discussão na noite passada ou fosse revelar um segredo profundo. Havia passado a noite no cabaré da castelhana e, por Deus!, o capitão precisava ver aquilo de perto. As mulheres eram lindas, lindas. Leonel dançara com uma morena de boca enorme, vermelha. Um bocão que quase o engolia numa cama tão perfumada que mais parecia um tapete de jasmim. O capitão tinha de experimentar uma dança nova que veio da terra delas e que era mais ou menos assim:

— A acordeona soluça uma marcha e o casal de dançarinos fica esticado como dois pavões. Depois, o homem dá um puxão na mulher, os dois batem peito com peito e atiram a cabeça para trás. A mulher escorre pelo meio das pernas do homem e joga os braços para cima como se estivesse morrendo. O homem caminha para a frente, no compasso da marcha, as pernas abertas como se estivesse todo cagado, arrastando a mulher consigo. Uns seis, sete passos pra frente ele pára e arranca a mulher de entre suas pernas. Pega-a pela cintura e despenca em cima da coitadinha, beijando na boca. Maravilha. O capitão precisa ver aquilo de perto.

Os dias seguintes se arrastaram numa tensão paralisada. A patrulha da serra foi distribuída em várias companhias para batidas regulares pela campanha. De vez em quando, se encontravam à beira do fogo para matear e contar casos sem emoção. O dia-a-dia era um ritual militar, divertiam-se apenas nos jogos ou num baile eventual quando alguém conseguia motivo. No mais, só cavalgar entre um vilarejo e outro, como correio, trabalhando pela República imaginária. Aos sábados, na vila de Caçapava, tentavam a sorte nos cubos de osso, cada lado numerado de um a seis. Eram os dados dos uruguaios, soldados do general Lavalleja que cruzavam a fronteira a toda hora a pretexto de comunicados urgentes trocados entre colorados e farroupilhas.

Os uruguaios agitavam um par de dados em uma caneca de couro para ludibriar a gauchada xucra. Em uma mesa de madeira, forrada por um pedaço de pano, chamavam o povo para o jogo. O capitão Luís Mitres não tirava os olhos da caneca, não entendia como se dava o roubo, mas que havia um roubo, havia. Mitres sabia ser de tudo na vida, era fácil, bastava ser igual aos outros onde quer que estivesse, mas ali, agora, na frente dos uruguaios bigodudos e sorridentes, sentia-se apenas um velho soldado que não compreendia aquele jogo maluco. Os gringos explicavam letra por letra, para não deixar dúvidas à futura vítima, mas esclareciam que em caso de impasse, lógico, só eles poderiam decidir o vencedor. Mitres se esforçava para entender, o uruguaio charlava:

— *Mutcho bién, señores. Rodo los dados en el caneco. Giro, giro, mirem solo... al pronto! Acá los números de la suerte. Entonces basta decîr se dará más de siete o abajo. Quando levanto el caneco ya se ve los números e al pronto se conoce quién ganó. Quién enfrienta la mala suerte? Quién enfrienta la mala suerte?*

Mitres então dizia *siete* e colocava três moedas de prata em cima da mesa. O uruguaio sorria e repetia seu ritual mágico. Quando levantava o caneco, um dois e um quatro. Recolhia os dados com uma mão, as moedas com a outra. Mitres sentia ganas de enfiar o facão na barriga lisa do gringo. Demorava-se a contar, a somar dois com quatro ou três com dois ou quatro com cinco, qualquer número. Quando via, já estava sem as moedas, jogo roubado.

De noite, sob o calor do fogo do acampamento, pediu ajuda ao capitão-guri. Disse que não sabia como, mas havia um roubo no jogo dos uruguaios. Não sabia se era no momento em que os dados giravam dentro do caneco ou quando estavam paradinhos em cima da mesa. O capitão também não sabia. Recomendou apenas que Mitres parasse com aquele jogo, o da laranja era mais simples. Via-se logo se ficava o branco da parte descascada ou o verde da casca. Sem conta e sem truque. Mitres foi dormir preocupado. O capitão mais ainda. Como aquele homem podia ser tão inteligente, saber tantas coisas, desde a história da humanidade até os enigmas da filosofia, e não conseguir fazer uma simples conta de somar? De todos os mistérios que o capitão enfrentou, e ainda enfrentaria, aquele, sem dúvida, foi para sempre o mais intrigante.

O capitão acordou pensando que a patrulha da serra perdia espaço naquele arremedo de cidade e estava na hora de tocar o burro, como dizia o povo. Mas não teve tempo de arquitetar um plano de saída. Foi convocado a trabalhar na carroça de tipografia, por influência de João Antonio. E a partir do combate com os moldes de chumbo, sua vida foi ajeitando o rumo. Gastava dias inteiros limpando tipos, cilindros, graxeiras, arrumando resmas de papel. As edições de *O Povo* só aconteciam de acordo com os ditames do general Bento Gonçalves. O capitão imaginava que milhões de fatos fervilhavam além das coxilhas e eles se limitavam a publicar avisos da República, manifestos civis e militares, descrições de batalhas ganhas e um ou outro proclama popular. E foram os proclamas populares que encantaram de vez o capitão Artêmio Martins com as artes gráficas.

Depois de passar horas limpando as serifas dos tipos italianos, montava avisos, escrituras, certidões e vários outros documentos que necessitavam do aval do serviço da tipografia, uma espécie de selo de validade da República para qualquer impresso, e só no fim de todo o trabalho editava os proclamas populares. Alguns seriam aproveitados em *O Povo*, outros apenas impressos à vontade do freguês. Aos poucos, o trabalho foi se transformando em obsessão diária. Os comunicados chegavam até ele de boca e precisavam de forma gráfica. Com o tempo, escrevia direto na caixa de tipos. Se pudesse, moldaria logo nos cilindros. "Comunico à freguesia das quintas que se avizinham da minha propriedade que ela se estende ao longo do rio, passa pelos cerros e se espalha por todos os campos em frente à vila, nela estão inclusas todas as casas, estrebarias, cercas e chácaras de repouso que houver no local, e também as pessoas, sejam elas jovens ou idosas, devem obediência às doutrinas do senhor do lugar, ou seja, a mim mesmo." Em outros proclamas desfazia arengas familiares, marcava casamentos, vendia tropas de bois e anunciava novas mercadorias contrabandeadas de Porto Alegre ou Montevideo. Só recusava encomenda de proclamas religiosos, pois os considerava tão borrados de vírgulas quanto mentirosos. Em pouco tempo, os proclamas se transformaram numa espécie de documento oficial. Circulavam por toda a campanha como pé-de-vento. Todos precisavam saber de tudo. Artêmio Martins, que esquecera por enquanto o capitão, atendia a todos, embora nem sempre fizesse o que pretendiam seus clientes. Em princípio, expedia dez cópias de cada proclama. Em seguida, de acordo com sua simpatia por determinado comunicado, passou a imprimir trinta ou quarenta. Foi assim com o da viúva Silva Tavares, uma brincadeira irresponsável com a mulher do coronel legalista João Silva Tavares, derrotado várias vezes pelas tropas de Zeca Neto. O proclama da viúva dizia que suas terras "finalmente libertadas dos vis escravos do poder absoluto pelo eco majestoso dos canhões dos homens livres estão agora de porteiras abertas para a República independente que afinal nos livra de um governo tirano e arbitrário e cruel". Mas também escreveu comunicados sérios, como o do coronel Francisco Duarte. Este fazia ver ao povo do Alegrete, do Passo de Santana, que em suas terras fora "determinado com excelsa firmeza que não haveria mais homem escravo e que todos poderiam marchar livres em defesa do solo rio-grandense e que outrossim decidira levar a luz das primeiras letras e das quatro operações a todos cidadãos que professassem lealdade à pátria gaúcha". Artêmio também cometeu a indelicadeza de tirar cópias a mais de um comunicado secreto que uma jovem dama da sociedade caçapavense fez chegar a um guapo tenente das tropas imperiais. A jovem declarava seu amor impossível pelo soldado inimigo e jurava esperar o fim das hostilidades para então construir com ele, o tenente imperial, uma estância na invernada que seu pai tinha no Uruguay. As cópias do comunicado apareceram nas paredes do armazém da vila, nos troncos das árvores do arraial e até no quadro de avisos da sede do governo revolucionário. Pela primeira vez, sem ver o inimigo, o capitão Artêmio Martins foi ameaçado de morte.

O italiano Luiggi Rossetti e um piquete armado até os dentes chegaram no fim da tarde à vila e foram direto para a carroça tipográfica. Estavam nervosos. Vinham de longa cavalgada desde o cerco de Viamão, a mais de duas dezenas de léguas de distância. Queriam imprimir uma edição de *O Povo* naquela noite mesmo. Rossetti falava sem parar, em italiano, espanhol e português, misturando as três línguas numa mesma frase como se assim fosse mais fácil para todos compreenderem. Disse que chegava o grande momento. "*Me vou a la lutcha com tutti compagni de la giovane Itália.*" A carroça ficaria escondida na serra com os colonos italianos. O pessoal estava dispensado. Deveriam apresentar-se aos seus capitães ou oficiais diretos. Dirigiu-se a Artêmio duas vezes. A primeira para perguntar onde metera a composição da vitória do general Bento Manuel contra duas canhoneiras e um lanchão armado, às margens do Rio Caí. Artêmio não tinha visto. A segunda vez Rossetti falou sem olhar nos olhos do capitão, mas o encheu de orgulho:

— *Estos comunicacioni populari que el senhor ha inventado son una buena arma em tiempo de lutcha o de paz.*

Artêmio trabalhou a noite inteira feliz, não imaginava que fazia o último número de *O Povo*. Há semanas que vivia só para os proclamas e o serviço normal da carroça tipográfica. Sabia muito bem que os italianos mercenários já haviam se transformado em legenda na revolução gaúcha, mas não tinha tempo para a guerra da libertação, só cogitava histórias alheias. Esquecera a missão familiar, o mapa, o tesouro, a patrulha da serra. Vivia imerso nos comunicados e ainda por cima andava apaixonado por três gurias diferentes. Uma atendia no empório, outra ensinava os piás da vila a ler e escrever e a terceira não fazia nada, apenas suspirava ao redor da carroça. Artêmio já enviara comunicados melosos às três, onde falava de arrebatamentos noturnos, febres avassaladoras, esplêndidas espadas, rútilas flores, mas o grande amor de sua vida, de verdade, entretanto, iria conhecer no dia seguinte, num único e longo olhar, e não veria mais por quase dez anos.

Dormiu debaixo da carroça e foi acordado pelo general João Antonio em pessoa:

— Vim te tirar dessa letargia de chumbo, meu guri!

Mal Artêmio se levantou, o general o envolveu com um abraço, parecia ter a estranha mania de emprestar por instantes sua velha capa preta aos interlocutores mais íntimos. Caminharam em direção à cavalhada e o general foi bem claro:

— Chegou a hora, guri. A guerra vai começar de verdade pra ti e praquele teu bando. Vamos pras barrancas do Taquari. Vamos nos reunir com Bento Gonçalves e todos os outros grandes cavaleiros da República. Tu vais conhecer o Bento Manoel, o Crescêncio, o Zeca Neto e até esse Garibaldi que tu achas tão valente. Está chegando a hora de resolver essa guerra de uma vez por todas, meu guri. Do Taquari, vamos marchar sobre Porto Alegre.

Reuniu a patrulha da serra em dois tempos, ajeitou tudo que tinha no lombo do tordilho e voltou a ser o capitão Artêmio Martins. No fim da tarde, depois de incontáveis preparativos militares, trotava como mais um dos centauros do general João Antonio, saindo em silêncio da capital rio-grandense para a batalha decisiva da revolução, mas puxou as rédeas do animal sem sentir. À frente, a uns cinqüenta passos, estava a mulher mais bonita que jamais tinha visto na vida. Loura, alta, cabelos ondulados, desalinhados, trajava um vestido inteiriço, claro, azulado; nos pés, sandália de couro fechada; os olhos, a boca, as formas do corpo eram de uma beleza alarmante. O capitão, parado no lento desfile da tropa, a viu passar quase sorrindo com o rabo do olhar. Tentou dar meia-volta, mas teve as rédeas da montaria puxadas pelo general. O homem da capa preta esfarrapada sorriu e disse "a guerra é pra lá, pro outro lado". Artêmio se deixou levar pelo general, mas olhando para trás, na esperança de que ela virasse a cabeça. O general completou, galhofeiro:

— É a filha de um professor de letras jurídicas que fugiu do Império e vive escondido numa fazendola pras bandas do Alegrete. É a mulher mais bonita do mundo.

Artêmio ainda virou uma última vez e teve sorte. A cabeça alourada olhava para ele. Mal dava para ver, mas parece que sorria. E era mesmo a mulher mais bonita do mundo.

A patrulha da serra participou da maior batalha da história da revolução rio-grandense como tropa de reserva. De cima de um cerro, acocorado, o capitão viu milhares de homens, gaúchos e brasileiros, se enfrentarem de peito aberto nos dois lados do Taquari. Os rio-grandenses comandados por Bento Gonçalves, Presidente da República, e os brasileiros sob ordens do governador da Província, Sebastião Pinto. Os combates começaram ao nascer do sol, duraram o dia inteiro e ao entardecer os dois lados abandonaram milhares de mortos e feridos no campo de luta. As forças da República e do Império se consideravam muito fortes para serem batidas.

Os dois exércitos tiveram seus melhores chefes lutando à beira do Taquari. Com Bento estavam Bento Manuel, Canabarro, Crescêncio, Zeca Neto, João Antonio e o italiano Garibaldi. Pelos imperiais, Chico Pedro, Felipe de Oliveira, Andrade Neves, o inglês John Grenfell e o argentino Isas Calderón. Depois de sucessivos canhonaços, cargas de cavalaria e peleias a facão e lança entre as infantarias, a retirada da batalha foi um movimento normal para dois exércitos que tinham uma guerra interminável pela frente. A patrulha chegou a descer o morro e entrar na refrega, mas o toque de retirada dos clarins salvou suas vidas.

Artêmio conferiu os homens em silêncio enquanto seguiam a esteira do general João Antonio. Não faltava nenhum, como sempre. Nego Luna se equilibrava no dorso de uma mula, a camisa empapada de sangue, o capitão Mitres vinha puxado em padiola, um pedaço de lança enfiada na coxa esquerda, a ponta recortada do ferro parecia anzol quando tentavam retirá-la, prendia na carne e Mitres urrava como cão. Alguém tinha de cortar a coxa e arrancar a ponta da lança. E foi o velho Guarasca que decidiu operar o companheiro quando percebeu que ele não duraria até o outro dia.

O capitão mais uma vez se surpreendeu com as inesperadas habilidades dos homens da patrulha. Guarasca esquentou o ferro de uma faca até ficar em brasa. Fez uma paçoca com ervas que recolheu pelo mato, mastigando uma, cheirando outra, até que encheu duas vasilhas, uma regada com aguardente e outra com água e sal. Pediu para que saíssem de perto para trabalhar mais à vontade e se debruçou sobre Mitres. O capitão considerou que o máximo que poderia acontecer seria morte sem dor, porque o centauro misterioso já tinha desmaiado. Guarasca então fez dois cortes na perna, levantou a banda de carne retalhada e puxou lá de dentro a ponta de lança imperial. Costurou o ferimento com um pedaço de arame retorcido e um fio de poncho esfarrapado, colocou a paçoca de folhas e compressas de salmoura em cima do ferimento e fez Mitres beber o resto da aguardente. "Vai viver", disse, limpando as mãos num pano ensangüentado como se tivesse acabado de fazer um belo de um arroz-de-carreteiro em fogo de chão.

Artêmio voltou a ver o general João Antonio quando estava parado, o olhar perdido no prado em frente, no caminho do acampamento de Viamão, a prata da lagoa só um risquinho na linha do horizonte. Ali, logo em seguida, podia sentir, estava sua casa, sua gente, a fazenda Porteira da Serra. O general desta vez não colocou a capa surrada nos ombros do capitão, mas foi direto e sábio, como sempre:

— A guerra fica para o outro lado, meu guri. Para onde tu estás olhando fica a morte. Vamos em frente.

A lida do soldado no dia-a-dia do campo era muito diferente do trabalhinho bordado à mão com letras de chumbo. Maldizia a vida enquanto passava dias inteiros escovando animais, limpando arreios de couro e ferro, azeitando fuzis e afiando espadas. Sua terra ali, tão perto, mas com um batalhão de imperiais entre ele e ela, nada podia fazer. Não viu Rossetti nem soube de qualquer comunicado que se tivesse publicado por estes dias, só esquecia um pouco a dor da impotência quando saía em patrulha de reconhecimento pelos arredores da vila. E foi assim que obteve, pela primeira vez, notícias de sua casa, sua gente.

Os imperiais haviam ocupado todas as estâncias do litoral até a Província de Santa Catarina depois da incursão de Garibaldi a Laguna. A única tropa republicana a resistir na região tinha sido destroçada em combate recente. Os imperiais desfilavam como donos absolutos do território. A Porteira da Serra tinha reagido à invasão com fogo de canhão, segundo diziam os varzeanos, e acabara completamente dominada, com os donos mortos ou dispersados pelo campo. Agora, não existia mais. Era só um quartel das forças do Império.

O capitão se recusou a acreditar e a chorar a derrota. O dono de um bolicho, que dizia conhecer o senhor Antonio Ernesto Martins, garantiu que o povo falava demais, não se podia saber o que havia acontecido exatamente, impossível andar nos campos coalhados de armadilhas para conferir os fatos, só podia dizer ao jovem capitão que a Porteira da Serra estava mesmo sob domínio das tropas brasileiras, assim como todo Santo Antonio da Patrulha, as Torres e a Vacaria acima da serra.

Voltou a galope para o acampamento, queria armar uma expedição à Porteira da Serra de imediato, mas encontrou a tropa alvoroçada, oficiais encilhando animais, soldados juntando armas, munições e alimentos nos carroções de campanha. Recebeu ordem de se preparar para partir. Nem perguntou para onde. Esqueceu-se de libertar a fazenda de seus pais e tocou o cavalo no rumo de mais uma batalha. Não percebeu que contrariava as próprias ordens.

O general Bento Gonçalves, afinal, decidira ocupar o povoado de São José do Norte, na barra da Lagoa dos Patos, única maneira de isolar Porto Alegre do resto do Império. A marcha foi dura. Caminharam até 25 milhas por dia. Chovia muito. Devido às condições do terreno, muita areia e imensas áreas alagadas, os oficiais preferiram levar apenas os animais de tração, só generais e oficiais de alta patente seguiram montados. Os republicanos ocuparam facilmente a vila, num ataque-surpresa, mas das seis fortificações à beira-mar, deixaram uma em poder dos imperiais. E quando estavam entregues à sanha do saque e à farra da vitória, foram surpreendidos por forte artilharia da armada imperial, fundeada no porto da vila de Rio Grande, do outro lado da barra. Acabaram rechaçados e fazendo o caminho de volta sob intenso assédio inimigo.

Os combates em São José do Norte talvez tenham marcado o início da derrocada do movimento revolucionário. Bento Gonçalves teve dois gestos de verdadeiro estadista nesta batalha, mas também deixou dúvidas sobre se seria ele o gaúcho mais indicado para conduzir a revolução. Primeiro, não aceitou atear fogo às fortificações inimigas porque isto supostamente ameaçaria a população civil que havia se homiziado nos fortes, e, em segundo lugar, trocou prisioneiros por medicamentos para seus feridos. Como qualquer soldado xucro sabia, os feridos continuariam feridos e os prisioneiros voltariam como soldados inimigos enfurecidos. E foi o que aconteceu.

A partir da retirada da Barra de São José, Bento Manuel reclamava para quem quisesse ouvir que necessitava de mais autonomia para comandar o exército republicano sem interferência do Presidente, Crescêncio sumiu da guarda da fronteira e Garibaldi, afinal, começou a dar mostras de cansaço. Em apenas dois meses de luta, o italiano tinha perdido a batalha do Taquari, um entrevero pesado em Santo Antonio da Patrulha e a ocupação da barra da lagoa. Muitas derrotas, sem dúvida, para quem combatia por ouro e glória e tinha a ambição de escrever seu nome na história do mundo.

De volta a Viamão, o capitão tentou reencetar a vida como combatente leal, sem se preocupar com a eficiência ou não das estratégias militares republicanas. Os revolucionários levavam o dia com a normalidade e a perplexidade próprias dos condenados à morte. O acampamento de Bela Vista acabara de cair. Grenfell bombardeara as trincheiras de Bento até enxotá-lo pelo meio do mato, no rumo de Viamão. Não havia notícias dos combates na serra e na campanha. Os farroupilhas se sentiam espremidos como tatu na toca, à espera da maldita hora da ponta da lança servir aos imperiais como o dedo aos caçadores. Artêmio voltou a trabalhar na carroça tipográfica, mas quase nada havia a fazer, não se atreviam a um comunicado sequer, o acampamento de Viamão era pouco mais que um amontoado de miseráveis. Ele não queria pensar nisto, mas era evidente, para quem conhecia a geografia do lugar, que os republicanos estavam isolados, sem saída para lado nenhum, e à mercê das tropas imperiais.

O coronel Chico Pedro de Abreu teve menos trabalho do que esperava quando ordenou aos mil homens de infantaria e trezentos cavaleiros bem alimentados e armados o ataque de surpresa contra o bando de esfarrapados que tinham apenas chuços enferrujados e pontas de faca amarradas em pedaços de pau para se defender. O massacre de Viamão durou pouco menos de uma hora. Os homens de Chico Pedro lutavam até a morte, não propunham tréguas nem faziam prisioneiros. Os republicanos, apesar de não terem armas nem forças para enfrentar um exército determinado, não pretendiam armistícios nem muito menos rendições. Os dois lados, desta vez, iriam até o fim. E assim foi para muitos.

Artêmio viu Rossetti cair do cavalo ferido a tiro de fuzil. O italiano ainda desembainhou a espada e enfrentou os imperiais a golpes vãos, aos tropeções. Um negro da infantaria brasileira, talvez penalizado com aquele homem que gritava ofensas esvaindo-se em sangue, enfiou-lhe a lança até aparecer a ponta nas costas. Rossetti ficou cravado no ar, braços abertos, olhos arregalados, boca crispada, o grito de liberdade travado para sempre.

O capitão tremeu de medo e chorou de pena. Temia o que poderia acontecer quando o encontrassem debaixo dos destroços do galpão, escondido como um rato, e chorava pela figura de Rossetti, espetado no meio do pátio. Os soldados imperiais dançavam ao redor, festejando a morte do "homem que escrevia as infâmias de *O Povo* contra o Brasil". Os oficiais montados sorriam de orgulho e satisfação por vítima tão ilustre. Apenas Chico Pedro não comemorava a vitória, mais uma vez vencia sem pôr as mãos nos comandantes, pois Bento e Garibaldi conseguiram escapar não se sabe como nem para onde. O acampamento começou a ser destroçado pedaço a pedaço. Artêmio viu em cinco minutos o que jamais esqueceria enquanto vivesse.

Viu Rossetti exibido como estandarte e lembrou-se do sonho de seu pai. Em seguida notou um dos revolucionários vestir a farda de um inimigo abatido e sair feliz, fuzil nas mãos, como se fosse um soldado do Império. Não conseguiu desviar a vista de um farrapo desesperado com a morte de um companheiro, limpando-lhe a face ensangüentada e beijando a testa, os cabelos, as mãos, o soldado chorava aos soluços e acariciava o rosto do morto. Viu também meia dúzia de revolucionários sair de um barraco com as mãos para cima, se ajoelhar e estirar o pescoço à espera da degola honrosa. Então, não agüentou mais. Saiu para campo aberto, arrecadando armas entre mortos e feridos e disparando a esmo. Sentia-se pronto para morrer e lembrava-se com lágrimas nos olhos da mulher mais bonita do mundo quando uma carroça parou à sua frente. Na boléia, Nego Luna e Guarasca. Na carreta, Leonel, Pedro Paco e Mitres. "Chega dessa fogueira, capitão. Sobe logo." Empoleirou-se na traseira da carroça, forrada de armas. "Vamos tocar pro lado dos colonos, é a única saída", Guarasca falava aos gritos como se fosse um comandante. Artêmio gritou de volta:

— Mete o relho nessas éguas!

A ingenuidade militar do capitão Artêmio Martins e sua natural e hereditária incapacidade de distinguir entre o real e o imaginário impediram que ele percebesse o que de fato estava por acontecer no Rio Grande. O Império do Brasil consolidava a ocupação da Província. O combate de Taquari servira de pretexto para que o governo brasileiro organizasse um novo comando para o Exército e a Guarda Nacional. O Império considerava que chegara a hora de se mover para a frente e colocava em prática uma estratégia de desmoralização das forças republicanas. Em seguida, o barão de Caxias seria anunciado como o Pacificador, para deixar claro que a guerra havia sido rebaixada à categoria de escaramuça, e os revolucionários batizados de farroupilhas em definitivo, para serem identificados com uma imagem de derrota. Todo o Rio Grande percebia que a revolução tinha os dias contados. Só os centauros continuavam acreditando no país imaginário.

O doutor Amadeu Romano jamais conseguiu entender o baralho de letras jurídicas que regulamentavam os atos da revolução rio-grandense, pois considerava ser tão improvável uma República se criar dentro de um Império quanto uma gata amamentar um cão. Em três anos de vida no meio da campanha, na região do Alegrete, no coração da República, aprendeu a respeitar a luta pela independência, mas nunca conseguiu colocar seus conhecimentos a serviço da revolução. A alegação oficial dos republicanos era de que precisavam tomar posse real do país antes de embaralhar a documentação legal e dar uma versão definitiva ao sistema político de governo. O doutor Romano, como o senhor Antonio Ernesto anos atrás, quando este tentara organizar uma espécie de ministério de comércio e relações exteriores para os republicanos, teria de esperar o fim da guerra para poder trabalhar.

Com as terras delimitadas ao alcance da vista, construiu uma estância no alto de uma coxilha, ao jeito dos gaúchos, a alguma léguas do povoado-capital. Sem poder criar animais porque o confisco era inevitável em época de guerra, passava a maior parte do tempo no Alegrete discutindo formalidades judiciais inúteis para um povo que pretendia uma nação sem deus, sem rei e sem lei. Dona Vanda desapareceu entre os incontáveis afazeres da casa no campo e só reaparecia aos domingos, na feira da vila, onde a gauchada ia trocar mercadorias e mentiras. Helena, já adulta e linda como a lua cheia, vivia a indescritível felicidade de andar livre pela campanha sob cuidados únicos e exclusivos de duas velhas índias charruas.

A família Romano costumava conversar sobre o futuro. Os três sentavam na varanda nos fins de tarde, vez em quando. O minuano soprava de leve na primavera, como se toda a campanha suspirasse enquanto o sol avermelhava o horizonte. Eles admitiam que a guerra estava prestes a acabar, mas discordavam do provável resultado. O doutor Romano sabia que o Império era muito mais forte, não seria "derrotado por estocadas nos calcanhares", dona Vanda sempre insistia que uma inimaginável terceira força militar invadiria a região para reinar sobre os destroços do Rio Grande e Helena acreditava que os gaúchos, de uma forma ou de outra, na guerra ou na conversa diplomática, jamais seriam subjugados pelo simples motivo de ser impossível domar um centauro.

Helena descobriu montada, um a um, todos os segredos do campo. As índias a criaram feito uma deusa da natureza, transmitindo tudo o que sabiam, e que não era pouco, para que amadurecesse como sua beleza merecia. Aprendeu a serventia de cada erva ou planta do mato e o jeito de se comunicar com os animais, principalmente o boi, o cachorro, o bugio e o cavalo, os mais dóceis e próximos do homem. Também conheceu os segredos do corpo, do fogo e da alma, três fenômenos considerados pelos índios como os mais naturais e instigantes. Tentou retribuir os ensinamentos com o que sabia, e que também não era pouco, sobre as conquistas científicas e humanistas da civilização, mas entendeu logo nos primeiros contatos que os charruas já possuíam todo conhecimento necessário para viver em paz e com alegria. Helena, naquele momento e lugar, no meio de uma revolução, não poderia estar mais segura e feliz.

Em uma das idas dos Romano à vila do Alegrete, para reabastecer a despensa da casa com suprimentos e a cabeça da família com informações, ela reviu de perto os centauros guerreiros. Os cavaleiros revolucionários se recuperavam de mais uma batalha perdida. A vila se transformara numa grande enfermaria de campanha, onde todas as casas estavam saturadas pelos gemidos pungentes dos feridos. Helena ajudou no atendimento médico, aterrorizada pela realidade da guerra e pela possibilidade de um ataque final dos imperiais. Esteve outra vez diante do general João Antonio, agora um triste homem embrutecido e incapaz de expressar outra coisa que não fosse uma ordem direta. Sentiu piedade e orgulho. E se deixou cativar de vez pela revolução gaúcha.

O doutor Romano, ao contrário do senhor Antonio Ernesto, embora àquela altura também tivesse a mesma dificuldade em fixar um raciocínio lógico e formal, tomou outra atitude em relação aos desencontros da República. Não estava ao lado de nenhum exército, portanto não tinha inimigos a temer. Manteve a fazendola sem ambição de progresso e decidiu proteger a família com seu silêncio político. Nas reuniões domingueiras na casa de pasto da vila, alegrava a gauchada com anedotas do tempo da Corte e informava-se sobre os movimentos da guerra. De noite, na varanda da casa, à luz de candeeiro, repassava com Helena o que sabiam do ontem e juntos projetavam sonhos para o amanhã.

O doutor Romano era fascinado pela presença dos estrangeiros mercenários na revolta dos rio-grandenses. Acreditava que estes tinham o poder de decidir a guerra porque estavam de fato na frente da batalha. Sabia que decisões de comando dependem do desempenho dos soldados, um comandante não decreta a vitória, ainda mais se comandar, como quase todos os imperiais comandavam, à distância segura do alcance dos canhões. A experiência e a astúcia dos mercenários é que poderiam resolver a questão, não tinha dúvida. Com um exemplar de *O Americano*, o novo jornal republicano, uma pilha de panfletos legalistas e a imensurável boataria popular, pai e filha tentaram montar o painel da guerra.

Um almirante inglês, John Pascoe Grenfell, comandava a Marinha brasileira em navios armados de canhões de nove polegadas. Do lado gaúcho, um revolucionário italiano, Giuseppe Garibaldi, comandava a Marinha rio-grandense em dois lanchões e três balsas de carga. Grenfell era um homem fino, de fardas engomadas; ouvia soarem trombetas em sua homenagem ao visitar palácios da nobreza. Garibaldi era um homem duro, apaixonado por revoluções, fossem elas às portas do papa ou nos pântanos da selva; a nobreza recolhia a prataria e assestava a mira dos canhões quando o via por perto.

Grenfell era convocado especial do comando do Exército brasileiro. Garibaldi fora contratado pelo general Bento Gonçalves, pouco antes de este reassumir a Presidência da República Rio-Grandense. Grenfell controlava as águas territoriais do Império brasileiro, do Rio de Janeiro à Bacía del Plata, com base em Porto Alegre, onde passava a maior parte do tempo perseguindo acampamentos revolucionários ao longo dos rios e lagoas. Garibaldi tentava impedir a navegação comercial e militar na Lagoa dos Patos, entre Porto Alegre e o mar, com base na estância de dona Ana, irmã de Bento, com estrebaria adaptada para funcionar como estaleiro, nos desvãos do Rio Camaquã, onde não conseguiu esquentar assento porque teve de se transformar em capitão de infantaria para sobreviver. Os dois, caso um vencesse o outro, poderiam mudar o destino da guerra, mas sempre que se enfrentaram não houve um derrotado. Os dois exércitos, tanto imperial quanto republicano, tinham Grenfell e Garibaldi como ponto de apoio. A solução do conflito, de um jeito ou de outro, teria de passar pelas mãos do inglês e do italiano.

Porto Alegre jamais festejou o comandante inglês apesar das vitórias nos rios, na lagoa e no mar assegurarem o desenvolvimento da capital, pois mantinham o caminho aberto para a chegada de novos colonos e o comércio de mercadorias com outros portos. A presença autoritária dos oficiais do exército imperial, vindos do Rio de Janeiro e de São Paulo, já era penitência suficiente aos rio-grandenses que não apoiavam a revolução pela independência. Grenfell circulava de carruagem pelas ruas do porto entre o cais, o quartel-general e o Palácio do Governo sem ouvir um cumprimento sequer. Todos reconheciam seus feitos militares, mas até mesmo as tropas do Império o consideravam apenas um invasor. Anos depois, com a guerra terminada, os brasileiros retribuíram seus préstimos praticamente se esquecendo de mencionar nos registros históricos sua passagem pela armada nacional.

Garibaldi, ao contrário de Grenfell, deixou o Rio Grande derrotado, mas inscreveu seu nome na história como símbolo de coragem e liberdade. Chegou à América do Sul perseguido pelo Vaticano como perigoso líder carbonário e acompanhado de uns poucos companheiros, como Luiggi Rossetti e Giordano, *il grande*. No Rio de Janeiro, encaminhado por exilados italianos, encontrou-se com Bento, este ainda na prisão, e ganhou carta de corso em nome da República Rio-Grandense. Apresou uma escuna na Baía de Guanabara e se fez à vela até o Mar del Plata, com a missão de contatar uruguaios simpatizantes da causa republicana, mas foi preso e confinado pelas autoridades. Entrou no Rio Grande a cavalo, na primavera de 1837, ao lado de Rossetti, em busca de um acordo profissional com os gaúchos. Ganhou o comando da Marinha revolucionária enquanto o companheiro assumiu a operação da tipografia que os farroupilhas haviam acabado de trocar por um lote de escravos em Montevideo. Garibaldi recebeu dois lanchões e uma dúzia de marinheiros inexperientes para combater a esquadra imperial e Rossetti ajeitou todo o material de composição e impressão em cima de um carroção puxado por duas parelhas de éguas e se transformou no editor do primeiro e único jornal itinerante da história do continente. Meses depois, envolvido até a alma no movimento de libertação, Garibaldi arrebatou a mulher de sua vida, Anita, tão valente quanto ele, na porta da casa dela, na encosta à beira do porto de Laguna, sem precisar olhar nos olhos medrosos do marido inútil. Os dois cruzaram a pé as florestas virgens da Serra do Mar, em Santa Catarina, farejados pelas feras do mato e pelos caçadores das tropas imperiais depois da malsucedida proclamação da República Catarinense. Em pouco menos de dez anos que viveu na América, *il conddottiere* participou de duas revoluções em três países, decretou uma República duas vezes, saqueou fortunas, venceu dezenas de guerreiros à espada, fez um filho gaúcho e nunca perdeu tempo em cadeia. Morreu de velhice, em sua terra, como deputado eleito do Congresso italiano.

Naquele momento, no centro de uma nação imaginária, Helena e o doutor Romano sabiam apenas que Grenfell e Garibaldi representavam os maiores trunfos dos dois exércitos em combate. Grenfell conseguira afugentar Bento da fortaleza dos morros da Bela Vista a tiros de canhão e a retirada significava o fim do sítio a Porto Alegre, além de prenunciar a derrocada republicana. Garibaldi, meses antes, havia vencido 150 homens do temível coronel Chico Pedro com exatos 13 combatentes. As notícias dessas vitórias antagônicas corriam o cenário da guerra, chegavam aos salões da Corte, atravessavam o oceano, ganhavam o mundo e começavam a transformar Grenfell em almirante competente e Garibaldi em mito.

As ações do italiano conquistavam e incentivavam os revolucionários rio-grandenses porque eram ousadas e espetaculares. Quando as canhoneiras de Grenfell destroçaram pela terceira vez a minúscula frota republicana na lagoa, Garibaldi provou estar preparado para tentar superar qualquer obstáculo nas guerras do novo mundo. Com ajuda do norte-americano John Griggs, empregado pessoal de Bento, um punhado de guerreiros e meia dúzia de pescadores nativos, deu início a uma jornada inacreditável. Atravessou mais de 30 milhas de pântanos e dunas de areia com duas enormes embarcações de 50 pés cada uma puxadas a boi sobre oito troncos de árvore. Fez-se à vela na foz do Rio Tramandaí rumo a Laguna, mas naufragou nos recifes das Torres. Salvou-se a nado e 15 dias depois invadiu o porto catarinense a bordo do barco capitaneado por John, em apoio a uma manobra da cavalaria de Canabarro, conforme havia sido combinado com o comando da revolução gaúcha.

O encontro com Chico Pedro foi outro fato que encheu os republicanos de orgulho. Pela primeira vez, o coronel legalista saíra de uma refrega ferido, além de vencido. Seus homens bem armados não conseguiram desalojar os farroupilhas de um galpão na estância de dona Antônia Gonçalves, outra irmã de Bento. Acostumado à luta em campo aberto, Chico Pedro fora surpreendido pela experiência de Garibaldi em combate de trincheira. Um a um, os piquetes tombaram sem se aproximar do alvo. O coronel, poderoso, só atacara. O mercenário, inteligente, só defendera. Chico Pedro perdera na estratégia, a pior forma de derrota para um militar. Desses episódios em diante, o povo da campanha passou a acreditar que a gente de Garibaldi valia por dez.

Helena percebeu que estava sozinha quando o ronco do doutor Amadeu Romano começou a soar como gemido de terror na madrugada fria. Acordou-o com um afago nos cabelos brancos e mandou que se recolhesse ao quarto de dormir. Conferiu os aposentos da casa adormecida, esquentou água para o mate, beliscou o resto do assado da noite, zanzou de um lado a outro até que voltou para a varanda. Procurou o sono em vão entre visões de combates imaginários dos centauros e bailes animados nos salões do Império e então teve uma idéia para despertar de vez. Encontrara um meio de reativar o moral dos republicanos: uma festa. Uma festa para comemorar a resistência. Fez planos detalhados durante o resto da noite e só procurou o calor das cobertas de lã quando as índias começaram a barulhenta cerimônia do alvorecer.

A idéia da festa surpreendeu e agradou autoridades e povo

da vila do Alegrete. Transcorreu uma semana inteira de preparativos sem que ninguém se importasse demais com as tropas imperiais. O doutor Romano estava bem entrosado à vida do campo gaúcho, sua fazendola era muito bem estruturada e ele ainda possuía uma maleta de madeira cheia de moedas de ouro, mas ficou decidido, por questão de segurança militar, que a festa seria na estância do senhor Antonio Telmo Castanho Paim, um dos mais antigos e ilustres moradores da vila. O senhor Telmo não se envolvia na revolução porque já possuía seu próprio país, como fazia questão de afirmar. No domingo seguinte, com o sol anunciando o início de mais um verão na campanha, a capital da República Rio-Grandense festejou a sobrevivência.

O tamanho do braseiro dá a dimensão da festa quando o caso é churrasco. O senhor Telmo Paim exibia espetos de ferro capazes de assar meio boi cada um. Os quartos dos animais menores, carneiros, porcos, frangos e patos, ele mandava espetar à beira do fogo, fincados no chão, enquanto os espetos de boi ficavam acima da brasa, apoiados em duas forquilhas de madeira e rodados de vez em quando, lentamente, pelo assador. As mulheres espalhavam nas mesas bacias com saladas de batatas, beterrabas, cebolas, tomates, as mais apreciadas, e rodavam entre os convidados outras pequenas travessas forradas de farinha de mandioca e cobertas com mil pedacinhos de todas as coisas que eles achavam as mais gostosas do mundo.

A música do gaiteiro fazia as chinas rodarem como pião e os peões sapatearem feito galo faceiro. O doutor Romano e dona Vanda se acomodaram defronte ao coreto para poder espiar melhor. Helena brilhava numa roda de moças feitas, atraindo o olhar admirado dos centauros. Qualquer besteirinha de festa, como os rodopios de levantar a barra da saia das prendas ou tropeção de guri afobado no pau da chula, provocava risos e aplausos. O senhor Telmo Paim ficou de longe, na varanda assobradada da estância, cercado de oficiais, aprovando tudo com um sorriso que parecia desenhado na cara preocupada, ele sabia que os imperiais andavam por perto, talvez até ouvissem as notas da gaita no lombo do vento, mas o povo da vila do Alegrete, naquele dia, só queria comer, beber e dançar até se fartar.

A súbita e inesperada chegada do general Bento Gonçalves à frente de um batalhão de duzentos homens alquebrados paralisou a festa. O Presidente da República vinha de mais uma retirada humilhante e não contava com nenhum alto oficial a seu lado, estes já procuravam outros caminhos na guerra. Bento acomodou-se na varanda com seu velho amigo e mandou que continuassem a festa, estava cansado demais para sofrer. O povo ainda tentou saracotear no ritmo do gaiteiro, mas aos poucos todos foram tomando rumo de casa. Bento pediu um quarto ao anfitrião e se recolheu. O senhor Amadeu Romano teve a intuição de que algo não ia bem e resolveu se retirar com a família.

Nos dias que se seguiram à festa promovida por Helena, acrescentou-se à história da revolução farroupilha um episódio de paixão e traição que a mancharia para sempre. Paulino da Fontoura, irmão do poeta da República, fora acusado de seduzir a mulher de um tal cabo Macário e morto numa briga de faca. Entretanto, todo Alegrete sabia que a mulher havia passado aquela noite com Bento, no quarto de hóspedes da fazenda do senhor Telmo Paim. O general negava, mas ninguém tinha dúvida. A mulher talvez tivesse feito uma deferência ao comandante da revolução, mas maculara em definitivo os frágeis conceitos éticos e morais que sustentavam a República. Helena, dali em diante, se limitou à propriedade dos Romano e jurou a si mesma que jamais voltaria sequer a falar em festa. Bento, um ano depois, para se defender das acusações de leviandade, foi obrigado a matar um grande amigo em duelo e em seguida trocar a Presidência da República pelo comando de uma tropa de reserva da combalida cavalaria republicana. O general Canabarro assumiu o comando da revolução gaúcha, para meses depois ser obrigado a se render ao inimigo. Bento, descrito por Garibaldi como "um cavaleiro errante do exército de Carlos Magno", morreu alguns anos após o fim da guerra, desacreditado pelo povo e intimidado pelas autoridades.

A patrulha da serra só parou de cavalgar três semanas depois de escapar ao massacre de Viamão. Atravessou as terras dos colonos alemães, dos italianos, dos índios das missões e foi apear no canto do mapa brasileiro, bem no meio da nação dos centauros, um lugar quase esquecido do mundo, onde Rio Grande, Uruguay e Argentina fazem divisa. Artêmio Martins, Luís Mitres, Guarasca, Pedro Paco e cabo Leonel se adaptaram rápido à vida arrastada do povoado amarelo de nome Quaraí e esqueceram-se por longo tempo da revolução republicana. A região marca mais ou menos o máximo da distância comum entre as três principais capitais do sul do continente, Montevideo, Buenos Aires e Porto Alegre, mas não interessava a ninguém, no momento. Um único homem, o caudilho que se dizia chamar dom Gabriel Arroyos, reinava absoluto em todos os negócios e foi ele quem acolheu com simpatia e generosidade a patrulha da serra até que as tropas imperiais expulsaram a todos.

Dom Gabriel costumava tocar tuba ao anoitecer. Gordo e desajeitado como seu instrumento, sentava-se à beira do rio e soprava até a última luz do povoado apagar, o som grave e abafado pesava no ar como o aviso dos navios e o mugido dos bois. Bonachão, sempre bem-humorado, não se importava com o desgosto do povo com sua arte noturna e mantinha a tuba sempre areada, brilhante como um troféu. O capitão Artêmio Martins se acomodava por perto e admirava a melodia desconhecida. Ali, no centro geográfico do que ele imaginava como o outro país, fez um acordo de serviços com dom Gabriel e estendeu um pouco mais a sobrevivência da patrulha da serra.

Cabo Leonel se estabeleceu como prático-boticário, diagnosticando e receitando medicamentos para as mais variadas moléstias. O capitão Luís Mitres, ainda manquitolando da perna ferida, bancava jogo no salão do empório e chegava em certas noites a recolher sacos de moedas na dança simétrica das bolas de bilhar. Guarasca prosperou no contrabando de mercadorias e em pouco tempo possuía duas barcaças que tanto podiam transportar dezenas de arrobas de milho como dúzias de potros ou barris de pólvora. Pedro Paco se apaixonou pela filha de um estancieiro e meteu-se a ser capataz com uma Bíblia debaixo do braço, tipo de negócio que nunca deu muito certo entre os gaúchos. O almirante Nego Luna foi o único que desertou, subiu o rio numa savana e nunca mais foi visto nem se soube o que lhe aconteceu. E o capitão Artêmio Martins convenceu dom Gabriel a investir pelo menos um dos sacos de moeda que escondia debaixo do fogão a lenha naquilo que considerava o equipamento mais moderno da civilização, uma caixa de peças tipográficas.

O capitão voltou a varar os dias entretido com as dezenas de moldes de chumbo, grades, fios de metal e pedras polidas de usar nos buracos brancos da paginação. Os proclamas populares voltaram a ficar famosos. Mas, como da outra vez, mal arrecadava algumas moedas e nem podia pensar em renovar o material da oficina. Havia mais de três anos usava o mesmo par de botas, mas insistia em não cobrar os impressos que entregava às pessoas que os recebiam como se fossem saquinhos de ouro em pó ou mimosos panos de seda com marcas de beijo de santa ou qualquer outra coisa que significasse muito para elas. A vida era dura, como em qualquer outro lugar, mas os homens da patrulha sentiam-se em casa, seguros, ao menos continuavam vivos.

Vez ou outra as vanguardas das tropas imperiais apareciam no povoado, para a felicidade visível dos habitantes amedrontados, e despertavam o ódio adormecido dos revolucionários. Os soldados marchavam como se estivessem num desfile de fantasias e nem de longe insinuavam que poderiam se meter em conflito de faca e bala. Eram os verdadeiros senhores da guerra. O comandante, barão de Caxias, jamais fora visto em combate. Artêmio observava as fardas justas, frisos vincados, botas lustradas e até os arreios dos animais reluzindo ao sol. Como os farroupilhas poderiam continuar combatendo exército tão disciplinado? Sabia do valor dos guerreiros republicanos, mas ali, na sua cara, a realidade marchava garbosa, invencível.

Atravessava noites conversando com os companheiros sobre os caminhos a seguir, mas a revolução não mais atraía os homens da patrulha da serra. Eles agora queriam a liberdade da paz, da paz que conquistaram na marra, em silêncio; dispensavam as utopias republicanas, o país deles era aquele mesmo que todos viam e ninguém podia tocar nem saber onde era o limite, a cerca para o mundo. O capitão tentava contra-argumentar. Falava de vida, sangue, dignidade, tirania. Dom Gabriel intrometia-se nas discussões e retrucava com trabalho, esperança, amor, felicidade. O capitão sempre acabava as discussões irritado, falando sozinho, e não convencia os antigos liderados. Uma vez saiu porta afora aos tropeções quando o cabo Leonel trouxe do Alegrete a grande novidade da guerra: o general Bento Manuel agora combatia ao lado de Caxias.

Artêmio e Mitres, acostumados ao cheiro do perigo, estranharam a calmaria de uma noite em que a tuba chorava o hino da República. Dom Gabriel estivera em Rio Pardo, tocando na banda do maestro Medanha, na ocupação da vila, uma das primeiras grandes vitórias da revolução. Gabriel contava quase todas as noites como ajudara o maestro a rabiscar rapidamente os acordes de uma antiga valsa de Strauss para musicar versos triunfalistas de um oficial de cavalaria tido como poeta. Assim haviam feito o hino da República. Artêmio e Mitres gostavam dos casos do gordo Gabriel, mas naquele instante o silêncio das aves noturnas era mais alto e assustador que o ronco da tuba. Na dúvida, o capitão passou o resto da noite encaixotando material tipográfico e reunindo pertences pessoais junto ao tordilho. Pela manhã, apesar da tranqüilidade de dom Gabriel, resolveu enviar cabo Leonel ao Alegrete para recolher informações sobre movimento de tropas. Leonel saiu a trote e voltou a galope, duas horas depois. O Quinto de Infantaria do Exército imperial estava a duas horas do Quaraí, não havia vanguarda de caçadores, com certeza era uma manobra de ocupação.

Em dois gritos e um movimento, a patrulha da serra estava pronta para a retirada. Dom Gabriel indicou a trilha do matagal rio abaixo como única saída possível e se ofereceu, cínico, para mostrar o caminho. Artêmio gritou "cada um por si" e todos saíram juntos, a galope. Mitres puxava a fieira de fujões, dom

Gabriel balançava seus 120 quilos sobre uma tubiana valente e Artêmio atento na rabeira, arrastando a carretinha com trastes inúteis e a caixa tipográfica.

A chuva os pegou no meio do caminho para Porto Alegre, capital da Província, trincheira inimiga, mas um lugar seguro para guerreiros clandestinos. O capitão se sentiu mais aliviado. Lembrou-se de como tinha escapado do ataque a Viamão e desistido da guerra por uns tempos. Haviam sido mais de dois bons anos. Fora uma decisão correta, do contrário, como poderia estar ali agora, pensando na vida, com a água da chuva, a bendita água da chuva tamborilando no chapéu de abas largas e encharcando seu corpo, a carroça, a trilha, as coxilhas. Quisera que a chuvarada durasse toda a viagem, sabia que soldados não gostam de chuva, Bento Gonçalves, pelo menos, mal via armarem-se as nuvens negras, mandava tocar a retirada.

Viajaram dias debaixo de temporais e não viram vivalma além dos fantasmas medrosos que habitavam as casas ao longo das estradas. O povo da campanha se dividia entre os imperiais autoritários e arrogantes e os farroupilhas esfomeados e fanfarrões. Os gaúchos alimentavam a esperança de serem livres de obediência e de impostos, mas temiam o empobrecimento forçado pela guerra. À noite, sob a proteção de uma mataria de campanha e dos olhos espertos de Mitres, o capitão armava a caixa de tipos e escrevia rápido, salpicando o molde de madeira com letras, vírgulas e pontos de chumbo. Foi assim que começou a escrever e jamais terminou o conto "A cor do relâmpago", uma história de amor em que um soldado das legiões de Alexandre da Macedônia se apaixonava por uma morena persa e se via obrigado a dizimar a aldeia de sua amada, com os pais de sua amada dentro, numa bela noite de tempestade. A cada dia que passava, Artêmio tinha mais dificuldades para entender o que sua cabeça estava querendo dizer. Fez o resto da viagem em silêncio, nervoso e confuso.

Todos esperavam um pouco de emoção quando revissem os sítios acima dos morros, as torres das igrejas, os sobrados, os prédios altos e os armazéns do cais do porto, mas ficaram mesmo foram estupefatos com o que viram. A carretinha, que o capitão temia ser alvo fácil às patrulhas imperiais, agora era apenas uma formiguinha entre outras muitas formiguinhas numa espécie de ataque desconexo a um açucareiro descoberto, o porto, o Porto Alegre. Savanas, briques, lanchões, barcaças de carregar areia, barcos de pesca e canhoneiras balançavam no espelho do Rio Guaíba. Centenas de pessoas, talvez milhares, impossível calcular, circulavam apressadas em carretas de parelhas duplas, cabriolés, fiacres, coches puxados por jumentos e charretes levadas quase com as rodas no ar por éguas enfeitadas. Admiraram-se da beleza do povo e dos animais. Mulheres bem-vestidas, algumas até de luvas e protegidas do sol por sombrinhas de armação, elegantes, queixo erguido, caminhar discreto, todas lindas como a alvorada. Alazões de raça pura trotavam por todos os caminhos, podiam notar pela crina curta e bem-cuidada, ancas altas e pescoço fino, rabo escovado a mais de cinqüenta braçadas. "É o baile do progresso", comentou o capitão, extasiado por tanto movimento, tanta vida. A guerra, onde andaria a guerra?

Pararam no trapiche da alfândega, de costas para o Guaíba, e observaram detidamente a cidade em que se transformara o antigo povoado de beira de rio. Do lado direito, erguiam-se as moradas dos ricos, na rua da Ponte, na rua Formosa, na rua do Arvoredo, e todos os quartéis militares, como o Depósito de Pólvora, o Regimento de Milícias, o Corpo Policial dos Ratos Brancos e o largo da Forca. Mesmo sem o devido respeito, queriam distância de políticos e milicos. Do lado esquerdo, no alto do morro, o portão de entrada, a estrada para a Aldeia dos Anjos, os moinhos de vento e os sítios dos boas-vidas. Atrás de tudo, podiam adivinhar, a várzea onde morava o povo. Resolveram seguir em frente. Passaram ao largo do quartel do Corpo Policial e subiram a rua do Ouvidor, pelo menos era o nome indicado numa placa ao pé da ladeira de barro. No Alto da Praia, perderam horas observando as obras do Teatro São Pedro e o movimento de gente bem-vestida em torno da Casa da Câmara, do Tribunal de Justiça, da Igreja da Matriz e do Palácio do Governo. Porto Alegre crepitava ao sol do meio-dia em maio de 1843.

Desceram a rua da Igreja devagar. Reparavam ao mesmo tempo nos prédios e nas moças, nas ruas calçadas com pedras recortadas, nos telhados das casas altas com calhas bordadas por enfeites esculpidos em madeira, janelas repartidas por vitrais coloridos, jardins de margaridas e acácias, velhos abotoados dos pés ao pescoço e mulheres arredondadas como barris cobertos por lençóis. Lá embaixo, dobraram a rua da Olaria e começaram a reencontrar o Rio Grande que conheciam tão bem, o Rio Grande dos gaúchos pobres, dos homens que esperavam uma vida melhor com a revolução, do povo que não acreditava em governo nem em deus. Almoçaram no meio da tarde ao lado do matadouro da cidade, defronte à praça de touros que os filhos dos espanhóis fundaram no porto em nome de suas tradições, mas que nunca chegou a reunir mais de duzentos, trezentos desanimados rio-grandenses para assistir a um espetáculo em que é preciso matar um animal tão serviçal ao fim de um bailado de sustos. Depois da comida farta, decidiram qual o rumo a tomar. Guarasca alegou ter parentes a procurar, cabo Leonel disse que iria para o meio da fogueira buscar novidades, dom Gabriel sabia que poderia tirar bom proveito de seus conhecimentos no comércio do porto, Mitres se dispôs a ficar com o soprador de tuba até as coisas melhorarem e Artêmio anunciou que caminharia para trás, em busca do passado. Ao se despedirem, brincou para disfarçar a emoção:

— A patrulha da serra dá parte de doente e sai de cena.

O capitão alugou um quarto numa pensão de viajantes ao lado dos Correios e passou dias tranqüilos e excitantes bem no meio da trincheira inimiga. Porto Alegre transpirava trabalho e desenvolvimento, parecia a centenas de léguas de distância da guerra mais próxima, tudo o que o capitão via na rua, como os cartazes coloridos do comércio ou os chapéus desengonçados das donzelas, deslumbrava e revigorava. Descobriu casas que negociavam centenas de livros impressos, alguns paginados em cartão de linho e encapados com couro, e extasiou-se debruçado sobre mapas das regiões mais desconhecidas do universo, na Biblioteca Pública. Na disposição física de seus 23 anos completos, tinha sede de luz, de conhecimentos, pois apesar de ter cruzado armas em mais de vinte batalhas, ignorava as recentes conquistas da humanidade, fossem em calibre de canhão, bitolas de máquinas de retorcer ferros ou especiarias intrigantes como o relógio de água e a faca que escondia a lâmina na hora do golpe. Queria aprender, precisava aprender.

Alguns dias depois, defronte à Casa de Óperas, onde ensaiavam Giuseppe Verdi ao cair da tarde e podiam-se admirar as senhoritas mais bonitas da sociedade porto-alegrense, reencontrou o amor infantil e foi reapresentado ao terror adulto. Dora Elisa surgiu à sua frente, linda, vestida de branco e amarelo como uma dama, mas de rosto fechado, olhar entristecido. Abraçaram-se em silêncio por longo tempo, emocionados pelo reencontro inesperado. Artêmio falou aos atropelos, tantos mistérios a comentar, tantos segredos a revelar, até que perguntou diretamente por sua família, seu pai, sua mãe, sua gente. Elisa baixou a cabeça, balbuciou uma desculpa qualquer e convidou-o para ir à sua casa. Ele entendeu o embaraço da antiga namorada e a acompanhou em silêncio.

O capitão ficou impressionado com a primeira residência decente que visitava desde que saíra da fazenda de seus pais. Elisa se casara com um alto funcionário da aduana e vivia o luxo da burguesia imperial. Artêmio andou por várias salas e corredores entre móveis que jamais vira tão modernos, em cerejeira clara, empilhados até o teto, este sempre muito alto e em alguns cômodos com vitrais em abóbada e candelabros de cristais pendurados em correntes de ferro. Admirou-se com a quantidade de quadros nas paredes e com as esculturas dispostas nos centros das salas ou aos pés das escadarias, várias e em todas as direções. Já se sentia meio tonto de errar no meio do mobiliário resplandecente, sobre tapetes felpudos que quase cobriam as botas, quando Dora Elisa o chamou para sentar em cadeiras estofadas de veludo e rodeadas por vasos de flores em uma varanda envidraçada. Artêmio pôde ver as copas das árvores no jardim, as torres da Igreja das Dores, as luzes do Arsenal de Guerra, os armazéns do porto, o filete prateado do Guaíba, os campos além das Pedras Brancas e o céu azul clarinho com as primeiras estrelas da noite, lá longe, na terra dos centauros.

Dora Elisa sentou ao piano e martelou lentamente notas que demoravam no ar até serem encobertas por outras cada vez mais lentas numa melodia de sopros iguais. Disse a Artêmio que estava tocando Liszt. Artêmio não sabia quem era o tal Listi e nem o que devia dizer, tremia por dentro, apavorado com o que estava prestes a ser revelado. Desconversou e pediu livros emprestados, tentando fazer troça das novidades do mundo. Elisa foi buscar os livros e aproveitou para trazer chá quente com brioches de massa folhada e fatias de pão doce com queijo coalhado, tudo a tempo e a gosto como se estivesse fazendo as últimas vontades de um condenado, mas em seguida, diante do olhar patético do jovem que tanto havia amado um dia, não tinha mais nada a fazer a não ser contar o que acontecera de fato na Porteira da Serra.

O senhor Antonio Ernesto Martins, acusado pelo exército imperial de colaborar na tentativa de organização do governo republicano, tinha sido executado com um tiro de canhão. As tropas legalistas haviam ocupado o povoado de Santo Antonio da Patrulha, depois de expulsar as forças do general Canabarro da região, e estabelecido um tribunal de ritos militares sumários para julgar os prisioneiros. Dona Ezil morrera de desgosto dias depois. Ernesto desaparecera, o mais provável é que estivesse morto. Seu Nena, pai de Dora Elisa, também fora condenado e morto. Todo o povoado de Santo Antonio da Patrulha tinha sido condenado e morto. Ela escapara porque no momento do ataque estava em Porto Alegre providenciando os papéis do casamento.

Artêmio ficou sério, contemplando o céu escurecer.

Durante um longo ano a vida não fez sentido para o capitão, apesar de saber que o Império àquela altura varria a República para longe dos gaúchos. Vivia como um vagabundo. Não aceitara voltar a Quaraí com dom Gabriel e trabalhava a soldo diário como carregador no porto. Bebia aguardente da manhã à noite e perdera qualquer interesse pela vida. Mitres e Guarasca o reencontraram, meses depois, sobrevivendo no fundo do poço da indignidade humana, na zona da Azenha, lugar de cabarés e cassinos. Os dois o colocaram de volta em cima de um cavalo. E os três, bem montados e armados, seguiram no rumo de Piratini, primeira capital provisória da República, onde o povo dizia que os revolucionários estavam se reunindo para então se encontrar, afinal, frente a frente, com as tropas de Caxias. O que restou da patrulha da serra não queria perder a batalha final da guerra. E não perderia.

Artêmio emergiu o rosto da água gelada da lagoa de bem com a realidade, foi como se tivesse acordado de longo pesadelo. Agradeceu a Mitres e Guarasca pelo resgate e contou, como se repassasse a história para si mesmo, o que acontecera com sua família. Os três sabiam que os imperiais eram tão implacáveis quanto os republicanos, afinal a morte é conseqüência natural da guerra, mas não entendiam por que motivo o Exército dera um tiro de canhão num único homem. Artêmio compreendia, na certa tinha sido vingança pela tentativa de transformação de sinos em canhões, mas preferiu ficar calado, pois a conversa, aos poucos, perdeu-se em relatos particulares que não interessavam pois já faziam parte do passado. Dentro de pouco tempo eles estariam no último palco da guerra, isto sim importava. Artêmio se refez com uma cuia de mate quente, deu um salto para cima da montaria e reassumiu sua real identidade de centauro guerreiro.

A batalha do Serro de Porongos, no extremo sul do Rio Grande, foi a última e a mais injustificável de toda a guerra do povo gaúcho por independência. O encontro dos dois exércitos foi marcado para que os comandantes assinassem um acordo de paz, onde os revolucionários admitiriam o controle das terras rio-grandenses pelo Império do Brasil. Na véspera da assinatura do tratado, os oficiais republicanos, então comandados pelo general Davi Canabarro, decidiram desarmar os combatentes, como gesto de boa vontade, na esperança de obter privilégios pessoais na partilha do espólio da guerra. O Estado-Maior do Exército nacional aprovou aquele último gesto do inimigo com alegria, mas aproveitou-se dele para fazer uma pequena e terrível alteração nos planos para a cerimônia de assinatura do acordo de paz.

Antes do alvorecer, o acampamento republicano foi surpreendido pelo toque de carga do Corpo de Cavaleiros da Guarda Nacional e do Grupo de Caçadores do Oitavo Batalhão de Infantaria do Exército imperial. Mais de 1.200 soldados bem-vestidos, alimentados e armados contra menos de seiscentos farroupilhas desarmados e enrolados em cobertores para suportar o frio. Os imperiais destroçaram as forças republicanas sem encontrar reação. Os escravos, mais de cem, foram todos executados pela cavalaria; os índios e peões da infantaria republicana, feitos prisioneiros; os oficiais de cavalaria mortos ou presos; só os coronéis e generais conseguiram escapar a galope, não se sabe como; e o estandarte rio-grandense queimou no centro do acampamento, na fogueira que simbolizava o fim da carga do exército imperial brasileiro contra os revolucionários gaúchos.

Artêmio, Mitres e Guarasca sobreviveram, mas não escaparam da prisão. Haviam chegado a Porongos na noite anterior ao ataque, ainda deviam explicações ao oficial de dia quando um raio de fogo e ferro caiu sobre o acampamento. Não tiveram tempo nem de puxar o punhal. Manietados e enrabichados um ao outro por correntes de ferro, foram arrastados pelos campos com centenas de outros prisioneiros. Mitres comentava, insinuando uma inexplicável falha de vigilância, "foi uma manobra de ocupação"; Guarasca emendava, desconfiando da súbita e surpreendente imobilidade das forças republicanas, "e sem resistência"; e Artêmio só repetia:

— Mas por quê?

Dias depois, numa masmorra de um forte à beira da lagoa, souberam pelo carcereiro que Canabarro havia assinado o acordo com Caxias, a República não existia mais. Os três ainda não haviam entendido sequer o que acontecera de fato em Porongos e mal puderam avaliar a extensão daquilo que na verdade não admitiam ouvir. O carcereiro achou que eles não tinham entendido e repetiu, "a República Rio-Grandense acabou". E acrescentou, como se lembrasse de repente, "ah, e os senhores serão degolados ainda hoje ou o mais tardar amanhã". Artêmio e Guarasca apenas sorriram. Mitres deu um salto, agarrou-se nas grades no alto da parede, espiou o mundo lá fora, e deixou-se cair de volta ao centro da cela. Olhou para os companheiros, abriu os braços e exclamou:

— Enfim, a liberdade!

Passaram o resto do dia em silêncio, atentos aos menores ruídos da prisão, à espera da hora da morte. Preferiam fuzilamento. Tinham medo da morte desonrosa, de mãos amarradas, medo de tortura, medo de morrer esquartejado, mas de fuzilamento não. Mitres tinha ferimentos de muitas batalhas, Guarasca e Artêmio praticamente nasceram no meio de revoluções, não temiam fuzilamento, achavam justo. Artêmio acabou se distraindo com um passarinho cinza trinando pequenos estilhaços de relâmpagos nas grades e Mitres e Guarasca cochilaram sentados nos calcanhares. No minuto seguinte, passos no corredor, chave na fechadura de ferro, tranca destravada, porta escancarada:

— Pra fora, cachorros! Vamos abrir uma boca nova, de orelha a orelha!

Alguns anos antes, em situação parecida, saltaram em cima dos carcereiros e escaparam em segundos, mas agora mal tinham forças de levantar e encarar o sorriso debochado dos guardas. Caminharam de cabeça erguida, o máximo que podiam fazer. Entraram na saleta do comandante aos empurrões. Só um dos guardas ficou do lado de dentro, encostado à porta. O oficial exibia um bigodinho fino, recortado a navalha, e um impecável uniforme de gala capaz de chamar atenção até em quermesse de igreja. O tenentinho recostou para trás, tranqüilo, mãos na nuca, pernas cruzadas, a espada repousando na bainha em cima da mesa. Olhava só para Mitres, como se este fosse o chefe, perguntou quem eram, o que faziam. Mitres respondeu que trabalhavam numa charqueada e estavam indo à capital negociar quando aparecera a patrulha e sem qualquer explicação jogara os três no cárcere. O tenente riu e perguntou a Mitres se ele o achava com cara de bobo. Mitres respondeu que achava. O tenentinho ficou vermelho, levantou e mandou repetir. Artêmio e Guarasca sorriram, Mitres repetiu. "Sim, o senhor tenente tem cara de bobo." O oficial abriu a boca, talvez para chamar a guarda, mas não adiantava mais. Num gesto rápido, Mitres desembainhou a espada sem tirá-la de cima da mesa; com outro, para a frente, cravou-a na barriga do tenente e empurrou a arma até o cabo encostar na japona alinhada. O guarda da porta tentou atacar Mitres com a baioneta, mas levou um tranco de Guarasca e um soco de Artêmio. Em seguida, os três prisioneiros pularam a janela, caíram justo no pátio da cavalhada, montaram e saíram em disparada. Ainda demorou um pouco para ouvirem os tiros, mas sentiram que poderiam escapar quando viram a campina verde à frente, sem cerca, sem porteira, sem estrada. Artêmio gritou para os dois, enquanto batia sem parar com a palma da mão na anca do animal:

— Isto é que é vida...

A lua cheia permitiu que atravessassem a noite trotando. Seguiram mais um dia quase a passo. Ninguém os seguia. Ao cruzar um riacho de pedras, o capitão notou que estava só. Olhou para trás e viu Guarasca e Mitres parados uns cem passos atrás, afastados um do outro. Um instante de hesitação, então Guarasca ergueu o braço direito, fez um largo gesto de despedida e tocou o cavalo para o sul. Chegara a hora da dispersão final da patrulha da serra. Os dois capitães ficaram longo tempo a se olhar, em silêncio, enquanto a figura de Guarasca desaparecia vagarosamente em campo aberto. Mitres gostava do capitão-guri como um filho e Artêmio, claro, gostava de Mitres como um pai, mas os dois sabiam que se continuassem andando juntos tinham grande chance de um encontro definitivo com a morte. A República não existia mais, o mapa era cada vez mais imaginário, todos os tesouros tinham dono, na verdade, a vida, agora, era uma questão individual. Mitres então puxou as rédeas para a direita, para o norte, e apertou as ancas do cavalo de leve. Levantou o braço e abanou para o capitão pela última vez. Os dois amigos jamais voltariam a se ver. Artêmio sorriu. Agora sim iria começar alguma coisa em sua vida, estava só. Ergueu o punho direito e gritou para Mitres:

— À liberdade, capitão!

Atravessou o riacho e se pôs a trote, no rumo do sol.

Artêmio Martins e Helena Romano só se encontraram de fato, puderam falar um ao outro, no verão de 1849, quase cinco anos depois do fim da revolução. O capitão passara todo esse tempo perdido em dúvidas e inseguranças pelos campos de seu país imaginário. Tropeara gado, amancebara-se com uma bugra, fora roubado por um índio, aprisionado várias vezes pelas tropas imperiais, refugiara-se no Uruguay, descobrira documentos políticos confidenciais sobre as guerras do sul do continente, e ainda arrastava uma carretinha que dizia valer por uma oficina tipográfica quando chegou à estação de mudas do Passo do Rosário com a aparência de um peão de pastoreio e notou uma cabeça loura, alta, entre o povo: era Helena Romano.

Nunca desmontou tão devagar, nunca mediu tanto os gestos e nunca seu coração bateu tão forte. Entrou no bolicho com o pescoço tão esticado que o gordo detrás do galpão perguntou se ele estava com problemas na coluna por causa da viagem. Depois que a carruagem vinda do Alegrete parou e o povo fez o alarido costumeiro nessas ocasiões, Artêmio recostou na porta da estação como se fosse falar com o funcionário dos Correios e então olhou nos olhos de Helena pela segunda vez na vida. Demorou-se um nada, talvez uns quatro, cinco segundos, mas foi como se houvesse se passado um dia inteiro, o olhar teve cheiro, gosto e contato, para Artêmio; Helena apenas sorriu.

De noite, na casa de pasto da hospedaria do povoado, tomou sopa de verduras com gordura de galinha e comeu costeletas de carneiro assadas a apenas duas mesas do doutor Amadeu Romano. Reparou que se tratava de um homem de bem, educado nos livros, desses que pensam, que planejam, e que freqüentam salões ou galpões com a mesma altivez. Voltou a ver Helena, pôde falar com Helena, só dois dias depois, na quermesse da Igreja, fim de tarde, atrás do palanque usado para o bailado dos peões. O coração queria sair pela boca, como nos tempos de capitão-guri, mas teve presença de espírito para lembrar-se das advertências dos amigos, no Quaraí, de que era um homem feito, acostumado a batalhas de espada, jamais deveria perguntar qualquer coisa para uma mulher. Nem conversando nem brincando nem amando, de jeito nenhum, perguntas jamais. Aproximou-se de Helena com um cumprimento:

— *Buenas*, como vais?

Uma pergunta. Helena apenas sussurrou uma resposta, olhou-o rápido e voltou a vista para um palhaço de pano que ganhara no jogo de argolas. Artêmio continuou a cortejá-la, como imaginava ser a maneira mais gentil, inteligente e moderna de um homem comportar-se diante de uma dama:

— A festa foi bonita, não é? Gostei muito, pena que não ganhei nada.

— Tu nem tentastes.

Helena falou com ele. E tinha notado seus movimentos. Ele insistiu.

— Eu estive reparando em coisa mais interessante.

Ela ficou quieta, parecia contrariada, mas era apenas o jeito normal de as mulheres reagirem a um galanteio. Artêmio olhou em redor, ninguém prestava atenção neles. Prosseguiu.

— Um dia, há muitos e muitos anos, eu te vi lá em Caçapava.

Ela continuou mexendo no palhaço de pano, sem levantar a vista. Ele se animou:

— Eu ia saindo com a tropa do general João Antonio e tu vinhas chegando à vila, parecias uma princesa montada numa bela de uma égua.

Helena olhou para ele, não aparentava surpresa. Artêmio completou:

— Eu nunca mais esqueci.

Helena sorriu e baixou a cabeça. Ele também sorriu:

— Tu estavas muito bonita. Mas acho que agora estás mais ainda.

Helena levantou a cabeça e falou olhando nos olhos de Artêmio:

— E tu ficastes olhando para trás até sumir na estrada. Tinhas um chapéu preto como este aí. Mas tu parecias mais bonito.

Abriu o sorriso, levantou, deu meia-volta e saiu correndo, sumindo no meio do fim de festa. Artêmio chegou na barraca de bebidas suando frio. Bebeu um canecão de cevada fermentada em dois goles. Pediu outro. Pensou que estava ficando um sujeito fraco, capaz de se emocionar com simples palavras. Bebeu mais devagar. Ela se lembrava dele. Até do chapéu. Tirou-o, beijou, depois jogou para o alto gritando como um tropeiro. O amanhecer o encontrou embriagado até a alma, contando a história de sua vida em detalhes a um velho que estava com preguiça de começar a varrer a área das barracas de jogos de dinheiro em volta da igreja.

Dormiu todo o dia e a noite. Acordou de madrugada. Abriu a janela de par em par. Primavera. Todas as coisas do mundo penduradas ao vento para secar. Fez as abluções costumeiras, palitou os dentes e aparou o bigode com todo o cuidado, e depois foi tomar o café de sua nova vida, da vida que iria começar a viver dali a pouco com Helena Romano. Sorria como um idiota, sozinho em pé no balcão do bolicho, quando Helena passou de charrete pelo centro da vila. Ela e a pajem, uma indiazinha miúda. Deu duas voltas na praça e sumiu pela trilha do lado do rio. Artêmio admirou os cabelos louros da mulher mais bonita do mundo soltos ao vento, a égua da charrete a trote, então correu para o estábulo e em dois minutos saía a galope para o lado do rio.

Em menos de milha, encontrou Helena sentada à sombra de uma paineira, fingia que lia um livreto, a indiazinha estendia uns panos ao sol da beira do rio. Aproximou-se, apeou do cavalo e acomodou-se ao lado de Helena como se isto fosse a coisa mais natural do mundo. Recostou no tronco da árvore e deu um suspiro de satisfação. Ela olhou nos seus olhos e disse:

— *Buenos* dias, senhor.

— *Buenas*, senhorita.

Ficaram em silêncio algum tempo. Artêmio tinha ganas de falar como um guri apaixonado, mas era um homem e não podia perder tempo. Helena também refreava o impulso de desatar futilidades inúteis, era uma mulher e não queria perder tempo. Artêmio quebrou o silêncio:

— Está um lindo dia para começar o maior romance que o Rio Grande já viu.

Levantou, abriu os braços e sorriu. Helena também sorriu. Conversaram até o sol passar as sombras para o outro lado do rio. Gostavam das mesmas coisas. Tinham a mesma opinião sobre a guerra, o Império do Brasil, a República Rio-Grandense, sobre o futuro do imenso país que ainda nem existia e sobre as artes da música, da literatura e da pintura. Conheciam os mesmos filósofos, Helena bem mais erudita, e nunca tinham amado ninguém na vida, sendo que Artêmio, naquele momento, se fosse indagado não saberia dizer sequer o nome de Dora Elisa.

A indiazinha teve o atrevimento de informar que já era tarde. Os dois saíram caminhando ao longo do rio. Artêmio ainda queria mostrar que sabia de tudo na vida, até sobre as escamas coloridas dos carás que vinham à beirinha d'água, fáceis de pescar com a mão, mas não dizia uma palavra para que Helena não o considerasse um exibicionista ou mesmo um retardado mental. Helena também queria contar como sabia de absolutamente tudo, aquele gavião, por exemplo, virava a maior delícia cozido em panela de ferro com molho de fungos, e voava assim, zaaamm, porque era um falconídeo, ave que pode planar milhas numa corrente de ar sem bater as asas, mas nada dizia com medo de que ele a achasse uma enxerida e pedante, como costumava falar sua mãe. Pareciam duas crianças com quase trinta anos de idade. Artêmio agarrou a mão de Helena pela primeira vez para ajudá-la a subir na charrete e depois ficou imóvel enquanto ela se afastava. Na altura da curva do rio, uns cem passos adiante, Helena não tinha olhado para trás nenhuma vez, Artêmio gritou o mais alto que pôde:

— Amanhã!

O capitão não conseguia pensar em nada a não ser em Helena. Conferiu os impressos oferecidos aos viajantes na estação de mudas, passou pelo empório para comprar uma camisa nova, vistosa, tentou beber uma caneca de cevada disfarçando na porta do bolicho, sentia-se um piazito espevitado, e se emocionou com um bando de quero-quero voando para o sul; nada acalmava o ímpeto de rever Helena.

A filha do doutor Romano também não conseguia pensar em outra coisa a não ser em Artêmio. Folheou livros sem ler, zanzou como um zumbi experiente pela casa e, distraída, deixou o leite ferver e derramar no fogão a lenha, orgulho da família. A mãe perguntou por que ela estava com aquele ar de abobada. Não tocou no jantar e encheu os olhos de lágrimas ao ver um bando de quero-quero passar baixinho, quase tocando nos telhados da estância, nas copas da árvores; nada acalmava o ímpeto de rever Artêmio.

O capitão não dormiu. Precisava de um plano de ação. Precisava dar um jeito nos documentos que desonravam a revolução. Precisava de uma ocupação decente, urgente. Precisava fazer alguma coisa, urgente. Precisava de tudo urgente. Não sabia com quem conversar, só confiava em Helena. Elegeu-a a pessoa mais amiga que tinha na vida e decidiu perguntar o que ela achava que os dois deveriam fazer dali em diante, mas no momento seguinte, decidiu ao contrário. Ele é quem tinha de apresentar uma proposta definida, definitiva. Ou não apresentar proposta alguma. E assim foi madrugada afora.

Amanheceu debaixo da paineira. A charrete chegou logo depois do sol. Helena radiante. Artêmio não conseguia fechar a boca. Ela desceu perguntando se ele tinha vindo acordar os passarinhos, de repente, afinal, um diante do outro, sérios, sorrindo; olhares deslizando nos rostos, nos braços, nos bustos, nas bocas. Abraçaram-se. O capitão a enlaçou pela cintura e correu as mãos espalmadas pelas costas, por cima do vestidinho de algodão, as pontas dos dedos tocaram na pele arrepiada. Helena o agarrou pela nuca, correu as mãos nas costas largas, aspirou fundo o cheiro azedo de homem e colou as coxas firmes nas pernas duras. Sentiram um ao outro. A indiazinha escondeu o rosto com as mãos. Artêmio e Helena encostaram os lábios, a pele rosa macia no bigode preto áspero. Mastigaram-se devagar, as mãos não sossegavam. De repente pararam, boca com boca sorvendo-se no ar como duas borboletas. Riram muito. Afastaram-se de mãos dadas, contemplaram-se de alto a baixo, depois se abraçaram e se beijaram de novo. E assim foi por muito tempo. A indiazinha se refugiou com um cesto de roupas à beira do rio, enquanto a égua da charrete e o tordilho do capitão pastavam relva orvalhada. Artêmio e Helena sentaram debaixo da paineira de mãos dadas e conversaram sem sentir as horas passarem. A indiazinha quase morreu de preocupação, a patroazinha não estava se alimentando e se o doutor Romano visse aquela pouca-vergonha, deus do céu, o moço ia ouvir a vaca tossir.

Artêmio e Helena ainda tiveram dois dias à beira do Rio Santa Maria, que jamais esqueceriam, mas no terceiro a mãe desconfiou de tanta alegria e proibiu a filha de sair da sede da fazenda. Voltaram a se ver no domingo, à noitinha, hora do ângelus, na frente da igreja. Saíram conversando a pé pelo arraial do centro do povoado. Todo o Passo do Rosário percebeu. Helena era a mulher mais bonita do mundo para todos na vila e ninguém desconhecia a sólida autoridade moral do doutor Romano, o que ninguém sabia, na verdade, era quem seria o moço de cabeça tão erguida, bonito como um cavalo argentino; mas que aquilo ali era um passeio de dois namorados apaixonados, isto não havia dúvida. Os dois não sabiam o que fazer, só queriam ficar juntos o dia inteiro.

Artêmio tentou conversar três vezes com o doutor Romano. Na primeira, à entrada do Fórum de Justiça, no Alegrete, foi recebido com um resmungo e uma desculpa de que agora não tinha tempo, falariam outra hora. Na segunda, na casa de pasto Nova Florida, ainda na antiga capital rio-grandense, ouviu o doutor Romano retrucar que um cidadão bem-educado em família não deveria interromper outro cidadão bem-educado enquanto este estivesse ocupado em satisfazer-se à mesa com os amigos prediletos em dia de comemoração particular. Na terceira, nem enxergou o doutor Romano: foi mandado embora pelo capataz, na porteira da estância.

Nos dias seguintes, ele e Helena mal se viam. Às vezes, depois de uma visita ao empório ou à missa da igreja, conquistavam alguns minutos a sós, longe da vigilância da mãe, a esta altura muito bem inteirada dos amores de Helena por um sujeito que dizia pela cidade estar montando uma tipografia, mas da qual ninguém vira sequer um grama de chumbo moldado. Os dois ainda não eram amantes, eram amigos e estavam apaixonados. Artêmio resolveu propor uma fuga para Payssandu ou qualquer outro lugar quando recebeu a visita noturna de um oficial do Fórum, acompanhado de três guardas imperiais, com fuzis pendurados nos ombros.

O oficial contou uma história comprida de que a região se recuperava do flagelo republicano e ainda padecia na luta dos blancos assassinos com as califórnias da liberdade do coronel Chico Pedro, portanto os homens como o senhor Artêmio Martins, que ainda necessitavam de recursos e tempo para arrumar suas vidas, não eram bem-vindos na zona do Alegrete naquele momento, pois o Passo do Rosário precisava de gente que trabalhasse pelo desenvolvimento e de comum acordo com os interesses das grandes famílias da campanha, súditas fiéis do Império. Artêmio argumentou com o oficial que viviam num país onde os homens podiam se estabelecer em qualquer lugar desde que mantivessem o respeito à liberdade das outras pessoas. E como sabia que os imperiais estavam ali a mando do doutor Romano, mandou um recado direto: disse, olhando firme nos olhos do oficial de justiça, que Rosário era uma terra maravilhosa, onde havia encontrado a pessoa mais maravilhosa do mundo, e que sentia o firme propósito de ali sentar praça e construir um futuro maravilhoso. O oficial olhou sério para Artêmio e concluiu:

— Às vezes um grande guerreiro é capaz de morrer afogado numa sanguinha besta. Às vezes é melhor desviar o rumo. Amanhã, por certo, será um dia ma-ra-vi-lho-so para ir embora!

Ouviu como ameaça de morte. E para amanhã. Decidiu encontrar Helena urgente, o dia começava, tinham de ir embora o mais rápido possível. Não seria uma fuga, apenas iriam embora, os dois, para outro lugar, voltariam depois, talvez com um filho nos braços. Ela aprovou a idéia de sumirem no mundo aquela noite mesmo. Havia mais de dez anos sentia-se adulta o suficiente para se libertar do cabresto paterno. Aceitariam o conselho do doutor Romano, só que em dobro. Iriam os dois.

Artêmio saiu da hospedaria quando todos ainda dormiam. Esperou debaixo de uma figueira, perto da estância dos Romano. Helena enganou os pais trocando de quarto com a indiazinha, e escapou em silêncio, não viu nem foi vista por ninguém. Os dois se beijaram sem desmontar. O sol os pegou galopando na campina, quase não se falavam, seguiam livres pelas coxilhas, dois experimentados cavaleiros, Artêmio admirado da destreza de Helena no lombo do cavalo, Helena envaidecida do garbo natural de Artêmio no galope, como se ele e o animal fossem um só, um centauro.

Toda a vasta área da campanha comum à fronteira do Rio Grande com o Uruguay estava marcada pela violência dos caudilhos. Os brasileiros defendiam suas terras degolando estrangeiros que não estivessem muito bem documentados para viajar em território rio-grandense. Os cavaleiros das califórnias averiguavam de uma forma muito simples se alguém era brasileiro ou uruguaio, embora todos falassem mais ou menos a mesma língua: derrubavam o viajante suspeito no chão, ajoelhavam sobre os ombros do pobre coitado, atravessavam o fio do facão no pescoço e ordenavam que repetissem a palavra macaquinho. Se o sujeito fosse uruguaio, mesmo que soubesse falar português, como eles todos sabiam, o sangue gelado pela lâmina encostada na carótida não deixava que balbuciassem outra coisa a não ser macaquito. Então a lâmina corria e o sangue jorrava. Do outro lado da fronteira, os blancos tinham um método ainda mais simples: degolavam ao sentir um provável tremor no olhar do prisioneiro, ou seja, matavam quem bem entendessem. Eles dominavam os campos do país, a capital era de Frutuoso Rivera. O general colorado mantinha o controle de uma cidade cercada, nada mais. A fronteira, como quase sempre ao longo de sua história, terra de ninguém. Podia mais quem tivesse o facão mais afiado. E foi neste território que Artêmio e Helena botaram os cavalos para correr em busca de uma vida de felicidade que só veio pela metade.

Os dois amantes começaram a construir o futuro num sítio farroupilha abandonado em meio a uma mataria frondosa, no alto de um morro, sobre um campo lindo, um *nhu-porã*, como diziam os índios. Estavam no coração da nação imaginária, ninguém os encontraria, podiam se entregar ao trabalho e ao amor. De fato, a primeira etapa de erguimento da fazenda foi repleta de descobrimentos, revelações, emoções e a mais pura felicidade. Mas a segunda, a de consolidação da propriedade e da família, trouxe o fim do mundo.

Artêmio arrebanhou gado solto nos campos das Missões pelos padres espanhóis e começou uma criação. Helena cuidava da horta, do pomar e do serviço caseiro. Em pouco tempo, tinham duas famílias de bugres para a lida mais pesada, em casa e no pastoreio. Os dois conversavam à noite, na varanda, admirando a escuridão, depois amavam-se até o amanhecer. Artêmio dormia de tarde, à sombra, no campo, nem imaginava quando dormia sua companheira de tantos afazeres. Helena dormia em pé, vez em quando, à espera de uma massa levedar, um pato assar ou mesmo uma chaleira d'água ferver, nem pensava em onde dormia o marido de tanta disposição.

O trabalho logo deu resultado. Antes do inverno, Artêmio fez duas viagens de carroças cheias até um povoado de índios catequizados à margem do Rio Uruguay, fronteira com a Argentina. Levava trigo e milho para trocar por um punhado de reais e mantimentos diversos. Helena ia junto, ele não arriscava deixar a mulher sozinha com uns poucos índios desarmados, sabia muito bem o que faziam os viajantes solitários, os vagabundos castelhanos, quando encontravam um sítio desprotegido. Conquistaram a amizade da gente do povoado, viviam felizes, Helena dizia que era como num sonho.

Artêmio conhecia bem as dificuldades da vida no campo e se orgulhava das habilidades da companheira, capaz de forjar todos os utensílios domésticos de que necessitavam e ainda fabricar o conforto, costurando travesseiros e cobertores forrados de penas de todos os tipos de aves da campanha. Os dois, em dias de temporal, se aconchegavam como um só no fundo do ninho que construíram com as próprias mãos. Ele vivia apenas para sua paixão e por isso não entendia quando ela falava de Rosário, da capital, do mundo lá fora. Helena dizia que tinha saudades de andar nas ruas, de ver muita gente, de saber o que acontecia de novo. E também queria rever a estância de seus pais, doutor Romano, dona Vanda, a indiazinha, o cachorrinho. Artêmio não entendia, ele não queria ver ninguém, nem pai nem mãe nem nada, muito menos índio ou cachorro. Só queria saber dela, Helena. Queria fazer o trabalho no campo, voltar para casa e encontrar Helena. Só. Ela insistia em ver o mundo lá fora. Artêmio dizia que já morava no mundo, não precisava ver coisa alguma. Ele não precisava, ela é que precisava.

Dias depois desceram em direção ao Alegrete em uma charrete novinha. Helena usara um argumento decisivo: queria ter um filho. Não sabia por que não engravidava, precisava consultar um médico, não os bruxos do campo, mas um médico de verdade, na capital. Antes, com naturalidade, uma passada no Rosário não faria mal a ninguém. Não faria mal, mas seria muito mais longa e dolorosa do que imaginavam.

Pararam a charrete na estação de mudas sem saber bem por que e Helena chegou a ficar com os olhos cheios d'água e Artêmio corado como um garnisé, embaraçados com tantas amabilidades e gentilezas daquela gente que conhecia muito bem a aventura dos dois. A bênção, dona Helena; a bênção, seu Artêmio. Os dois sorriam, o povo também. Fizeram o trajeto até a estância dos Romano com a charrete a passo, Helena lívida, Artêmio suando como um churrasqueiro na brisa fresca do fim de tarde na campanha. A porteira estava escancarada, os Romano sabiam da visita, notícia boa ou ruim corre mais rápido que onça na campanha. Os dois peões da guarda tiraram os chapéus. O doutor Romano, dona Vanda e o resto da família aguardavam no amplo alpendre da varanda, em pé, a rigor, à espera da filha fujona. Artêmio parou a charrete diante da porta de entrada.

O doutor Romano impôs sua autoridade de dono da casa, mas tratou muito bem a quem ele pensava que seria seu futuro genro. Apenas não permitia que ficasse a sós com Helena e muito menos que dormissem juntos. O velho parecia gostar de Artêmio, embora sempre o submetesse à séria sabatina de conhecimentos gerais em história da civilização, filosofia, religião, guerra e os preceitos políticos, sociais, econômicos e jurídicos que compõem uma nação. E nem precisou sofrer o constrangimento de perguntar de onde, afinal, vinha aquele desaforado que lhe roubara a filha mais bonita do mundo, pois Artêmio contou, de supetão, a história de sua família, a história da Porteira da Serra, engrandecendo ao máximo os poucos feitos que sabia do pai, como as campanhas no Uruguay em 21, 25 e 26, e de como construíra a estância que sucumbira na guerra dos republicanos. Falou a verdade, com o cuidado de omitir o tiro de canhão que liquidou o senhor Antonio Ernesto Martins. De qualquer forma, o doutor Romano não acreditou. Artêmio só não falou dele mesmo. Nem precisou, o doutor Romano não perguntou.

Assim ainda passaram-se três dias à sombra do cipestre ao lado da churrasqueira. O doutor Romano indagava a Artêmio se simpatizava com as idéias do sobrinho de Napoleão em criar uma nação forte, militarizada, para enfrentar as nações imperialistas. Artêmio desconhecia o assunto. Então o doutor Romano falava dos fenícios, da Mesopotâmia, da Abissínia, e perguntava, enfim, se a história das sombras na caverna não lhe parecia um jogo impressionista vulgar e se não teria sido melhor para a humanidade que o gordo tivesse tomado a cicuta e não o seu mestre. Artêmio sorria e enfiava o charuto na boca. O doutor Romano insistia com Mazzini, a utopia carbonária, e defendia as brigadas do papa até os olhos doerem de tão arregalados e o colarinho da camisa quase estourar com o inchaço do pescoço, depois se acalmava falando baixinho de seus santos prediletos, o sábio e o guerreiro, e ainda exibia fôlego para indagar se Artêmio manejava algum instrumento de corda ou sopro, mas nem esperava resposta, pois sempre emendava qualquer questão com seu tema predileto, a guerra.

No quarto dia, um domingo, quando a situação do casal urgia uma definição, o doutor Romano pegou Artêmio pelo braço e o levou para um canto da varanda, onde conversaram horas em pé, fumando charutos. Artêmio sabia, por Helena, que a família pretendia ver os dois casados, de verdade, no juiz e na igreja, e pensou que o magistrado falaria disso, mas se enganou. O velho queria falar de guerra. E de como daria um jeito naquilo tudo mandando o futuro genro à luta contra Manoel Oribe, no Uruguay, onde ele poderia muito bem morrer e salvar as aparências sociais da família.

O general argentino Juan Rosas não foi o primeiro nem o último chefe militar a sonhar com uma nação que dominasse inteiramente a Bacía del Plata, nem o mais sanguinário e tirano, mas talvez tenha sido, isto sim, o que capitulou mais rápido. Rosas sonhava em atrair Carlos Antonio López, do Paraguay, e Manoel Oribe, do Uruguay, para juntos enfrentarem o Império do Brasil. Um grande país confederado emergiria da vitória para negociar de igual para igual com os imperialistas estrangeiros. Oribe chegou a receber homens, armas e munição para derrubar Rivera e atacar o Brasil a partir do Rio Grande, Carlos Antonio invadiria o Brasil a partir do Mato Grosso, assim, Rosas abriria duas frentes para confundir os brasileiros, enquanto os argentinos ocupariam todas as terras da bacia cisplatina. O plano era frágil, ruiria com um simples movimento de tropas brasileiras e se voltaria contra Rosas, alguns meses depois. O coronel Chico Pedro atrairia o general argentino a uma armadilha simples e perfeita: atacaria Oribe a toda força antes do movimento de Carlos Antonio no Mato Grosso. O general Rosas mandaria tropas para combater os rio-grandenses e com isso assinaria uma declaração de guerra contra o Brasil. O general José Urquiza, poderoso estancieiro da região de Entre Ríos, encarregado de apoiar as tropas de Carlos Antonio, na dúvida entre lançar seus homens em uma aventura suicida nos charcos paraguaios ou marchar ao lado do exército imperial brasileiro para derrubar uma ditadura agonizante, preferiria virar seus lanceiros contra Rosas, pois como muitos outros caudilhos do pampa também almejava a cadeira de Presidente da República da Argentina. No final do conflito, o barão de Caxias, mais uma vez, comandaria tropas em uma guerra com a medalha de Pacificador no peito e o general Rosas seria obrigado a fugir num brigue inglês, cujo nome, *Centaur*, também soava como ironia.

O doutor Romano concluiu a conversa convocando Artêmio a se alistar nas tropas de Chico Pedro e cruzar a fronteira para caçar macaquitos. O capitão disse que iria pensar e retirou-se rápido. Lembrava-se muito bem do discurso de seu pai, anos atrás. Quase a mesma história. Só faltava o mapa. Procurou Helena alarmado e anunciou de imediato planos precipitados e confusos. Disse que deviam ir para Porto Alegre, ele tinha de se aproximar da imprensa de qualquer maneira, o Rio Grande, ou pelo menos seu país imaginário, estava sendo usado em outra guerra sem propósito. Helena retrucou rápido para confundir ainda mais o capitão. Disse que eles deviam, isto sim, era casar, ir a Porto Alegre consultar um médico, voltar para o *nhu-porã*, fortalecer a propriedade com um bom impulso financeiro do doutor Romano e então Artêmio poderia trabalhar em cima dos documentos e das informações que possuía e, aí sim, escrever a história que quisesse. Entre voltar ao *nhu-porã* com dinheiro do doutor Romano e ir à guerra ao lado de Chico Pedro, Artêmio garantiu que preferia se degolar com um facão enferrujado, que o povo dizia doer mais, embora nenhuma vítima tivesse sobrevivido para esclarecer tal dúvida. Riram. Brincaram com as alternativas. Eles se bastavam, mas tomavam atitudes decisivas sem necessidade e sem ao menos saber disso.

A chegada das tropas do Primeiro e do Segundo Batalhões de Cavalaria do Exército nacional à região do Alegrete ajudou Artêmio a decidir seu rumo na guerra cada vez mais próxima. Prepotentes, autoritários, arrogantes e ignorantes, os legalistas intimidavam e revoltavam até leais súditos da Coroa. Os estancieiros tiveram propriedades revistadas de alto a baixo e os melhores animais de montaria e tração confiscados. Na maioria das vezes, os oficiais nem entregavam recibo. Nas vilas, os soldados faziam o que queriam, desrespeitavam lugares e pessoas. As tropas, de fato, estabeleciam a ordem do vandalismo uniformizado.

O doutor Romano foi quem mais sofreu com a atitude agressiva da vanguarda do Exército brasileiro. Sentia-se desgastado "como arreio de mula velha". Sempre defendera a suprema autoridade das letras jurídicas como único instrumento legal para manter a nação unida, mas agora as tropas de Caxias demonstravam, na prática, em analogia inevitável, que a unidade nacional era apenas "uma espada cega sobre seus vassalos". O doutor Romano mentiu no Fórum que estava doente, declinou gentil dos convites para visitar o acampamento militar e se refugiou na casa principal da estância, cercado de homens de confiança, armados e prontos a defender aquela "propriedade particular", conforme frisou em discurso caseiro.

Artêmio foi procurado em Rosário por outro capitão de guerrilha dos tempos farroupilhas tão impetuoso quanto ele, Augusto Lemes, filho de um dos mais poderosos estancieiros da região da fronteira. A mulher de Lemes conhecia Helena desde que esta chegara ao Alegrete e as duas faziam muito gosto em uma provável amizade entre os dois capitães. Os Lemes tinham um filho pequeno que vivia feroz e alegre como o pai. O guri amarrava fieiras inteiras de galinhas e puxava pelo quintal como se fosse um grupo de escravos particulares, enquanto Artêmio e Augusto conversavam na varanda. E, como ansiavam as mulheres, os dois ficaram amigos, identificados com o mesmo ideal imaginário e a mesma paixão pelo centauro.

O doutor Romano se transformara em um homem irascível e intolerante, com rasgos de humor cáustico, quase incompreensível. Acostumou-se a falar sozinho e passava horas trancado no quarto, sem abrir para a mulher e nem para a filha. Num jantar, único momento em que permitia que lhe dirigissem a palavra, para surpresa de todos, consentiu que armassem uma pequena caravana para levar Helena à capital para exames médicos urgentes, embora a questão só pudesse ser resolvida pelo casal. Depois de um longo discurso em que misturou sem cerimônias os direitos dos homens livres, o filósofo Spinoza e o profeta Nostradamus, disse, afinal, que Helena estaria melhor atrás do fogão do que dentro da panela. Deu *buenas* e foi dormir.

Artêmio Martins e Augusto Lemes deixaram Rosário à frente de um grupo de vinte cavaleiros, duas mulas de carga e uma carreta de mantimentos, armas e munições. O menino Honório ficou abanando com uma espada de pau até o pai e o amigo sumirem no pó da estrada. Artêmio Martins era de novo o capitão Artêmio Martins. Como da outra vez, quando deixou a Porteira da Serra, galopava pensando na família e na estância, só que agora seguia pensando em Helena e no *nhu-porã*.

Helena foi para Porto Alegre na carruagem dos Correios. Os dois se separavam pela primeira vez, mas tinham certeza de que a guerra na Argentina e a viagem para a capital não podiam ser evitadas. Antonio ainda acreditava em responsabilidade civil e Helena queria saber por que não vinha o filho tão desejado. E também queria ver o que o mundo tinha de novo para mostrar.

Hospedou-se na casa de um tio, o senhor Aurélio Romano, no Alto do Senhor dos Passos. Podia apreciar o sol vermelho, todo fim de tarde, a casa fazia frente para a rua Formosa, mas a varanda ficava atrás, debruçada sobre o Rio Guaíba. Porto Alegre, distante das guerras, crescia a cada dia. O porto abrigava escunas de passageiros que vinham de todos os lugares do mundo. Falava-se muito o português, mas eram comuns aos ouvidos o espanhol, o italiano e o alemão. França e Inglaterra não exportavam colonos, apenas oficiais de guerra e homens de letras, talvez com intenção de forjar esboços de civilização e provocar empréstimos financeiros que atrelavam em definitivo a nação emergente. O Brasil ainda carecia de cruzar esta fase de conquistas e fortalecimento de fronteiras como um Império, depois estaria pronto para se transformar em outra República livre na América do Sul. Helena ouvia com atenção a conversa do tio e dos convidados, como o professor Paraíso Mariano, o funcionário da fazenda José Miguel Trigueiros e o coronel de reserva Benjamim Austin de Oliveira.

Ainda era a mulher mais bonita do mundo e a casa do senhor Aurélio começou de repente a ser muito freqüentada. Ela desprezava as cerimônias de apresentação e as conversas forçadas, amáveis, animadas a taças de chá preto e brioches que sua tia armava para agradar às visitas. Gostava do tio, mas considerava a tia pouco mais que uma raposa gorda, velha e escandalosa. Resolveu refugiar-se em um sítio da família, longe da cidade, quase à beira da lagoa, perto dos fortes da Bela Vista, de onde vinha uma vez por semana para ver o médico e seguir tratamento na Santa Casa de Misericórdia. Escrevia de três em três dias para Rosário à cata de notícias de Artêmio e da saúde do pai. Só. Chorava todas as noites e esteve a ponto de abandonar tudo e pegar um vapor para Payssandu, sabia que a guerra estaria por lá e que matava e tinha medo disso. Os dias escorriam devagar, ela perdia forças a cada pôr-do-sol.

Depois de uma breve ocupação que mais parecia um passeio, pois o povo uruguaio estava cansado de dez anos de guerra civil, a patrulha do Rosário seguiu para território argentino. Rosas acabara de morder a isca do barão. Artêmio e Lemes queriam estar em Gualeguaychu antes de Porfírio, general castelhano. Cansados da retaguarda da guerra contra os uruguaios, antigos aliados, os dois capitães buscavam a vanguarda das tropas que começavam a ocupar de verdade a Argentina.

O primeiro combate foi um desastre. Chovia forte no acampamento gaúcho. O cusco esquecido amarrado junto à cavalhada gania como se os pingos da chuva fossem pontas de baionetas. Artêmio ouvia o cão e sofria de banzo, a dor dos escravos em estar longe de casa. Sua dor era pior. Ao cão, bastava que fosse desamarrá-lo, mas ele, sim, continuaria a choramingar até que visse Helena de novo. Levantou para soltar o cachorro chorão e isso salvou sua vida. Ouviu o assobio forte e aspirado do morteiro, a tenda em que estivera sentado havia poucos instantes voou aos pedaços. Outro assobio, outra explosão, esta no meio do acampamento, em cima da fogueira. Além da água forte, agora choviam obuses. Artêmio, Lemes e os soldados tentaram salvar armas e cavalos. O capitão imaginava ser impossível usar morteiros com aquela chuvarada; por muito menos, o general Bento Gonçalves tocara a retirada várias vezes porque a água inutilizava a pólvora. Não demorou a sofrerem carga de um grupo de cavaleiros armados de espada. Artêmio combateu ombro a ombro com Lemes, muitos tombaram na barranca do rio. De repente, ouviram um clarim de retirada e se surpreenderam com os argentinos deixando o acampamento já quase destroçado. Alguns rosarinos inexperientes neste tipo de batalha relâmpago saudaram o recuo inimigo, mas Artêmio reconheceu o movimento de prevenção de contra-ataque, voltariam em seguida, precedidos pela artilharia, para acabar o trabalho. Gritou para que montassem de imediato e seguissem rio acima. Sair daquele buraco a galope era o único jeito de salvar a pele. Mal organizaram a retirada, recomeçaram os assobios dos morteiros. Artêmio bateu nas costas de Lemes:

— Coragem, companheiro. Agora vai ser na carreira.

E enfiou os calcanhares no cavalo. Galoparam de cabeça baixa, perseguidos por uma tropa de argentinos que vinham gritando como loucos, espadas ao vento.

Helena recebeu em dois fins de semana a visita de Astério Dias

Mariano Ribeiro, jovem formado na Escola de Engenharia da Universidade de Lisboa, sobrinho da mulher do professor Aurélio. Os dois se conheceram na casa do Alto do Senhor dos Passos, Astério havia acompanhado a família Romano a um espetáculo de dança no Teatro São Pedro, com o corpo de baile do Teatro Municipal do Rio de Janeiro. Ficaram bons amigos, Helena encantada com a boa educação de Astério, sempre gentil e bem-humorado, Astério enamorado da beleza madura de Helena. Falavam de tudo, principalmente do tempo da escola de Lisboa, onde emergia uma sociedade desligada da Corte, e dos projetos de Astério para a instalação da hidráulica porto-alegrense. A conversa afável na varanda do sítio fazia Helena se esquecer de Artêmio por instantes, mas ela não queria isso e numa noite resolveu dar um ponto final naqueles encontros antes que o rapaz confundisse os sentimentos e provocasse constrangimentos irremediáveis.

Voltou para Porto Alegre, sozinha, a cavalo, antes do amanhecer, sentindo fortes dores no estômago, nos intestinos, no peito. Em condições normais, de dia e sem dores na barriga, um vivente bem montado, seguindo a trilha da cavalhada, seria capaz de fazer o percurso em seis horas. Helena chegou antes do meio-dia na porta da casa do senhor Aurélio. Mal ficava em pé. Foi carregada desfalecida para uma enfermaria no Arsenal de Guerra.

Ficou três semanas internada. O casal Romano mandou emissário ao Alegrete para buscar o doutor Amadeu. Astério se dizia inconsolável. Afinal, Helena voltou à casa dos tios. Só pensava em Artêmio e no *nhu-porã*. Uma noite, depois de recusar pela décima vez um bolinho de massa folheada coroado com um pontinho de goiabada, estalou cinco dedos nas bochechas rosadas de Astério. Ele ousara esticar a mão para tocar em seus ombros. Decidiu ir embora no outro dia. Os tios ficaram alarmados, como podia uma moça, uma senhora, atravessar a província sozinha em tempo de guerra? Mas Helena já se decidira. De manhã partiu para o Passo do Rosário sem esperar a volta do emissário. Foi a cavalo.

Depois de vencer na corrida os matungos argentinos, a patrulha do Rosário atravessou o rio de volta para o Uruguay numa barcaça confiscada a punhal e Artêmio e Lemes então puderam brigar a valer contra os verdadeiros inimigos, os brasileiros. As tropas de Caxias exercitavam o que consideravam direito sagrado das forças de ocupação. Artêmio e Lemes não concordaram com a violência e a humilhação impostas aos prisioneiros, principalmente às mulheres, e se meteram num grosso entrevero a faca, espada, baioneta e fuzil com uma dúzia de homens do Exército nacional. Ganharam a briga, mas Artêmio foi espetado pelas costas.

O primeiro ferimento sério em dezenas de batalhas. A baioneta do praça do Oitavo Batalhão, o capitão conhecia muito bem o uniforme, batera firme no osso da bacia. O corte era o de menos, não atingira nenhuma artéria, o problema real estava no osso. Tinha dificuldade para mover-se na cama de campanha e mal conseguia esticar a perna esquerda. Lemes vinha vê-lo todos os dias, embora nunca trouxesse notícias de Rosário, dos Romano, de Helena. O capitão sofria com os curativos, à base de ervas fermentadas, e sentiu-se em perigo de vida quando Lemes seguiu para o novo cerco aos campos de Gualeguaychu. No outro dia, quando preparava uma fuga a cavalo em direção a Quaraí, recebeu alta médica e autorização para ficar três meses em casa. O sargento brincou na saída:

— Tu vais voltar antes da gente invadir Buenos Aires.

O cavalo de Helena foi o último a entrar na primeira balsa para as Pedras Brancas. Rio espelhado na manhã, o céu parecia de vidro azul. Vista lá do alto do Senhor dos Passos, como o senhor Aurélio via agora da varanda de sua casa, a balsa parecia dentro de uma bolha de orvalho. Depois de admirar o expressionismo imaginário, o senhor Aurélio saiu caminhando pela casa, dedo em riste, discursando com empenhada sinceridade sobre aquela moça que sem dúvida era uma das mulheres mais bonitas do mundo, mas que também sabia ser uma mulher de verdade, capaz de levar um homem à loucura, pior do que na guerra. Naquele momento, nem o senhor Aurélio no alto de seu sobrado porto-alegrense, nem Helena a bordo de uma gota de orvalho, nem Artêmio gemendo na boléia de uma carreta de volta para casa, poderiam imaginar que lá nos confins do Rio Grande o doutor Romano estava a cada dia mais louco.

Helena viajou ao lado da charrete de um casal de comerciantes de Rio Pardo e de dois cavaleiros que seguiam para Alegrete. Trotaram todo o dia com apenas duas paradas de descanso, costume dos viajantes da época. De noite, chegaram às portas de Caçapava. Dormiram todos na Hospedaria Imperial, que não passava de um chalé antigo, sem forro, com divisórias que não tocavam o teto. De manhã, depois de comer apenas mingau de milho, pois continuava de resguardo segundo o médico da enfermaria, Helena preparou o pingo para seguir viagem. O casal da charrete veio se despedir, seguiam outro caminho. A mulher se admirou da naturalidade de Helena ao montar e fez um comentário espontâneo:

— Tu pareces a Anita Garibaldi.

Helena sorriu, ajeitou o cabelo e cutucou o animal. No trote rumo a Rosário, descida da Serra das Encantadas, pensava em Artêmio e dizia para si mesma que não era uma Ana, uma Anita, ela era uma Helena.

O capitão gemia a cada solavanco na trilha que conhecia tão bem, de Quaraí ao Passo da Guarda. Lembrava-se de cada coxilha, cada riacho, mas não apreciava a paisagem, seguia mirando nos olhos do cocheiro, como se o pobre homem passasse de propósito nos buracos do caminho. Na travessia de uma sanga estreita, sentiu o ferimento sangrar. Levantou da boléia, pegou o cocheiro pela gola do poncho e disse que lhe cortaria o bigode a faca se aquela merda de carroça caísse em mais um buraco. Daí em diante fez todo o trajeto até o Passo da Guarda e de lá até Rosário como se estivesse num tapete voador das mil e uma noites.

Na antiga hospedagem mantida anos atrás por dom Gabriel Arroyos, Artêmio conheceu uma das figuras mais interessantes de sua saga pelo país que não existia. Um turco mascate de estrada, um homem que sabia de tudo e que vendia tudo o que sabia. Ensinou o capitão a cozinhar lesmas, a chupar ostras e prontificou-se a desvendar qualquer segredo, magia ou mistério que porventura o afligissem. Os dois jantaram juntos e o mascate se esmerou em espantar o capitão com suas extravagâncias. Primeiro, tomou uma sopa de cebolas, pimentão e alho em água rala, depois derramou um pote de mel num bom pedaço de carne mal passada no fogo e comeu tudo, lambendo os beiços e sorrindo. Após o jantar de exibição, o turco conduziu o capitão até uma mesa comprida, onde espalhou os tecidos mais lindos que ninguém jamais vira naquele canto do mundo. Sedas, cetins, veludos, linhos e rendas bordadas em cores. Artêmio imaginou Helena dentro daqueles panos. O mascate se animou com o brilho nos olhos do freguês, retirou de um pequeno baú frascos de perfumes, relógios, anéis, correntes, bibelôs de cerâmica, charutos guardados em estojos de metal e, afinal, estendeu ao capitão o que este não poderia recusar: dois livros grossos, pergaminhosos, de capa com letras em alto-relevo. Antes que pudesse abrir o primeiro, o turco disse serem os dois maiores últimos lançamentos da moderna literatura francesa, acabavam de sair do prelo, dois livros que iriam de alguma forma revolucionar o comportamento da humanidade. Artêmio compreendeu que aquele mascate desavergonhado tanto podia vender vidrinhos de legítimo suor de santa como exemplares cheirando a tinta de *Les Miserables*, de Victor Hugo, e *L'Education sentimentale*, de Gustave Flaubert, que não faria a menor diferença. Resolveu comprar tudo.

Artêmio lembrou-se de sua irmã Ruth enquanto sacolejava na carreta lendo Flaubert. Ele e ela eram os únicos na família que liam em francês. O mascate explicara que aquele escritor tinha o dom de saber de tudo que habitava o universo e conhecia a função de cada objeto ou animal ao longo da história da humanidade. E escrevia uma história de verdade como Esopo escrevia uma fábula de mentira. Era um escritor, na acepção latina da expressão, fabuloso. Disse ainda que Flaubert sabia como ninguém usar os sinais ortográficos, como o ponto e a vírgula; e que a vírgula se transformara no maior símbolo da língua latina, o homem latino estendia sua palestra com a vida ao invés de abreviá-la, a vírgula o separava da objetividade dos fatos; os saxões, estes sim, interrompiam a oração com um ponto; mas os latinos não, botavam vírgula e seguiam adiante, os leitores perdiam o fôlego. O capitão considerou que o turco era um homem transtornado entre a lucidez e a loucura, mas uma figura muito interessante de se conhecer e depois esquecer. Sobre Flaubert, quatro páginas adiante, já o considerava o maior escritor de histórias que alguém poderia ter a felicidade de ler.

Helena chegou a Rosário um dia antes de Artêmio. Conversava na varanda com a mãe quando viu uma carreta parar na porteira. Reparou que um homem de capote preto, com uma bengala nas mãos, descia com dificuldade. No instante em que ele tirou o chapéu e passou a mão nos cabelos, Helena reconheceu Artêmio. Saiu correndo o mais rápido que podia. Artêmio a viu vindo em sua direção, cabelos louros ao vento, largou a bengala e saiu pulando num pé só. O abraço foi um baque.

Os dois passaram dois dias trancados num rancho perto do rio, o doutor Romano maldizendo a pouca-vergonha juntinho de sua casa. Nunca se amaram tanto. Às vezes, abatido, cansado, ele se emocionava com a cabeça recostada no colo dela. Sentia o cheiro, o calor, a maciez da pele, o rosa dos seios. A mão corria pelos ombros, pelas ancas, pelo ventre, pelas coxas grossas e esguias. Gostava de debruçar uma perna por cima das pernas dela. E ela gostava de agarrá-lo pelas costas e ressonar acariciando os cabelos, a barba. Abraçados, com as pernas aqui ou ali, de um jeito ou de outro, eram um só.

Artêmio contou pormenores da guerra. Helena quis saber se tinha matado alguém. Respondeu que não sabia, "na hora do entrevero não dá pra ver se a espada corta como devia cortar". Mas admitiu que matara pelo menos um, "e dos nossos". Helena não entendeu. Artêmio acrescentou: "ele mereceu". Riram. Helena aproveitou o clima para contar de Porto Alegre, do médico, dos remédios, da casa dos tios, do sítio à beira da lagoa, e quando enfim falou da amizade com o engenheiro Astério, Artêmio levantou da cama, interrompeu a conversa com uma tonelada de silêncio e saiu porta afora. Helena demorou dois dias para domar o capitão. Gastou todos os argumentos que conhecia, tudo que podia imaginar, mas venceu mesmo pelo cansaço, ele queria dormir de novo agarrado às suas costas e ela queria ouvi-lo ressonando em seus braços, na madrugada.

Antes de a família concordar que deveria pelo menos ir repousar em Porto Alegre, o doutor Romano criou vários constrangimentos em Alegrete e no Passo do Rosário. Vivia o auge de uma lucidez insana, como diagnosticou Helena, na pura intuição. O doutor raciocinava sobre os mais variados temas, um atrás do outro, desencadeando torrentes de idéias como se semeasse canteiros de plantas filosóficas. Um dia surpreendeu os funcionários do Fórum ao discursar em voz alta sobre "o valor da pura tradição de nossos ancestrais na formação da sociedade vindoura e imorredoura que sobrepuja os desígnios de um governo legítimo, pois a família e a nação estão acima de autoridades transitórias". Em princípio, uma dúzia de compenetrados cidadãos assistiu à encenação, mas em seguida, quando ressaltava "a importância do contrabando no fortalecimento das instituições rurais ao longo da fronteira", só um velho secretário de gabinete, seu pelego, como disse Helena, o guarda da portaria e um cachorro vagabundo formavam a platéia na frente do prédio oficial. Em outra oportunidade, na casa de pasto da antiga capital da República, interrompeu um elegante jantar com os principais estancieiros, funcionários públicos, oficiais do exército, o médico e o bispo de Alegrete para "duas rápidas palavras sobre a influência de novas culturas nos hábitos do povo da campanha, pois provocam graves distorções nos fundamentos da sociedade civil e nos levam a uma guerra sem trégua nem quartel onde o sangue de nossos filhos derramados sobre a terra fará com que tudo se transforme em deserto e o futuro feneça no horizonte, escorrendo entre nossos dedos". O padre e alguns oficiais mais ingênuos e cínicos aplaudiram com entusiasmo, mas os outros ficaram constrangidos. O doutor Romano sorria. Artêmio pegou-o pelo braço e o carregou para fora.

Uma semana depois, o doutor Romano embarcava sério, em silêncio ostensivo, na carreta dos Correios para Porto Alegre. Artêmio e Helena ficaram muito abatidos. Enquanto a carreta serpenteava entre as coxilhas até desaparecer no horizonte, ela se lembrou dos sonhos do pai, de sua conversa com o general João Antonio, das idéias sobre retidão moral e de todo o trabalho para erguer uma vida em terra desconhecida; e Artêmio lembrou-se de seu avô, manietado no porão de um pesqueiro para a capital, do senhor Antonio Ernesto discursando para a escuridão, do irmão Ernesto, mais velho e mais desequilibrado, sem dúvida, se alguém tivesse de morrer louco na família seria Ernesto e não ele, o filho mais novo. Mas nem Helena nem Artêmio sabiam o que pensar sobre loucura. Nunca mais viram o doutor Romano e nem souberam direito o que aconteceu àquele homem tão forte, determinado, altivo, preparado para a vida e, de repente, desgraçado.

O capitão foi obrigado a voltar à guerra quando recebeu a convocação escrita entregue pelo cabo da guarda do Alegrete. As forças do barão de Caxias tomavam Payssandu, o Brasil estava prestes a invadir a Argentina. Reagiu como um veterano combatente, ajeitando tudo às pressas para a viagem. Helena se revoltou. Queria esquecer aquela guerra idiota e voltar ao *nhu-porã* para reconstruir sua vida, sua família. O capitão repetiu as mesmas alegações de supostas obrigações com a pátria, a necessidade da batalha final, o enigma do mapa, a glória, o ouro, mas só convenceu Helena quando confessou que um centauro não sossega enquanto a briga não chega ao fim. No outro dia, partiu sozinho. Helena ficou na porteira esperando, mas desta vez nem demorou muito.

Artêmio reencontrou o capitão Lemes e a patrulha do Rosário acantonados perto dos campos de Villaguay, na reserva das tropas que sitiavam os povoados de Paraná e Santa Fé. Ao contrário do que pensava, a invasão das tropas brasileiras não fazia tremer o chão da província argentina de Entre Ríos. O general Urquiza comandava El Ejército Grande contra as tropas regulares de Rosas e milhares de argentinos marchavam ao lado das forças alinhadas do barão. Eles se movimentavam com a calma e a segurança que teriam em simples manobras de quintal de quartel. Nem se preocupavam em seguir os rastros frescos do inimigo. Cruzavam povoados inteiros sem colocar a mão no cabo da arma. Oficiais e soldados brasileiros pareciam empenhados somente em exibir sua profunda disciplina militar em passeata cívica por território estrangeiro. Os dois capitães não desembainharam as espadas em nenhum momento, chegaram aos campos de Buenos Aires como em uma viagem de descanso. A cavalaria do general Manuel Jorge Fernandes espanara a pranchaços o melhor regimento de infantaria e toda a tropa montada do Exército do general Rosas em Monte Caseros. A capital da República estava desprotegida, o Presidente abandonara o país, a Argentina se curvava à outra Argentina, a do general Urquiza e seus aliados brasileiros.

Artêmio e Lemes entraram em Buenos Aires impressionados com a imponência da grande cidade. Alamedas enormes, largas, escudadas de sobrados em um labirinto que se perdia antes que a vista encontrasse a saída. Trotavam de boca aberta para tanta grandeza que quase esqueceram que eram soldados de uma força de ocupação. Apearam num bolicho em frente ao mar embarrado que os argentinos românticos diziam ser da cor da prata. O dono do lugar atendia a freguesia, ninguém além dos dois inimigos, como se a guerra não existisse. Tomaram café preto com rosquinhas de farinha de trigo polvilhadas de canela, mas com gosto puro de manteiga. O portenho, sem ninguém perguntar, disse em poucas palavras o que achava da guerra e da vida. *El Tigre es un loco* e *Urquiza no podrá ser tán malo; pero nosostros sufriremos mutchos años hasta conocer un hombre qué lleve la nación adelante sin matar sus hijos.* Lemes comentou baixinho com Artêmio que a guerra era apenas uma valsa triste para aquele doido, mas em seguida levantaram em sinal de atenção, pois começava um desfile militar à beira-mar. Uma comitiva de carruagens e charretes engalanadas com oficiais e civis sorridentes abanando para uma multidão imaginária passava orgulhosa, escoltada por uma tropa de cavalaria. No fim do cortejo, guarnecido por um punhado de cavaleiros compenetrados e uma leva de infantaria misturada com civis exultantes, vinha o tílburi de couro do general Urquiza, novo Presidente da República Argentina. A charrete enfeitada passou a poucos metros dos dois capitães gaúchos. El Organizador os olhou por instantes e sorriu como se fossem velhos conhecidos. Artêmio notou que o general vestia uma farda vistosa, mas usava um chapéu igual ao dos gaúchos da campanha, parecia um guerreiro farroupilha depois de saquear um soldado imperial. Cumprimentaram abaixando a cabeça, sem tirar o chapéu.

Helena passou quase seis meses de fins de tarde esperando sentada na varanda. Contemplava a porteira até cair a noite sobre o pampa. Entristeceu, emagreceu e envelheceu. A mãe morria aos poucos de desgosto e vergonha pela loucura do marido e nunca mais saiu do quarto do casal. A estância decaiu a olhos vistos, como dizia o povo do Rosário. Das oito mil cabeças que pastavam no campo antes de o doutor adoecer, os peões agora não contavam nem mil. As plantações morriam por falta de cuidados. Os animais caseiros devastavam a chácara que abastecia a fazenda. Helena, mesmo assim, não levantava um dedo para impedir a decadência. A estância dos Romano parecia um rancho abandonado quando o rapaz dos Correios trouxe uma carta do capitão. Buenos Aires caíra, ele não demorava a voltar para casa. Helena piorou de tanta angústia. Não acordava antes de as flores da varanda abrirem as pétalas e chorava por qualquer coisa, o canto do quero-quero ou o relinchar de um cavalo.

Artêmio chegou quando ela não conseguia fazer nem a própria comida. O capitão sofreu muito com o estado em que encontrou a companheira. Jurou que nunca mais a abandonaria e cobriu-a de tantos cuidados e carinhos que em dois tempos ela voltou a acordar cedo, a sentir o cheiro da terra orvalhada, a ter prazer em espalhar água de alfazema pelo corpo e em armar a mesa para o café da manhã. Artêmio, em outros dois tempos, vendeu o que restava da estância do doutor Romano, enviou dona Vanda para Porto Alegre e anunciou a Helena que voltariam de imediato ao *nhu-porã*. De fato, uma semana depois deixaram para sempre o Passo do Rosário para tentar recomeçar a vida longe dos espectros da família, do Estado e da guerra.

Artêmio e Helena voltaram ao centro do país imaginário conversando sem parar, a charrete rodava macia na campanha e os dois emendavam um assunto no outro, tinham todo tempo do mundo para falar o que sabiam de novo do mundo. Ela não cansava de perguntar o que ele tinha aprendido de bom na Argentina:

— Nada. Acho que quase nada. Trouxe um monte de troços, livros, mapas. Mas tu precisavas ver a cidade. Os armazéns, os cafés, as casas de letras. Eles imprimem letras em tudo. Eu vi. Até em saco de farinha. São mais adiantados que nós. Tu precisas ver os mapas. Nunca vi tanta coisa. Tem mapa de tudo aí, no baú. Até da tua terra, a Grécia.

Helena riu, não entendeu. Artêmio prosseguiu:

— É. Eu li no acampamento. Enchi dois caixotes de livros e mapas. O dono disse que era presente da Argentina agradecida. Coitado. Eles odiavam o tal Rosas. Esse general entregou umas ilhas de mão beijada ao inimigo, depois trouxe o inimigo para cuidar do porto dele e depois que levou o carreirão foi se parar justo na casa do inimigo. Ou a gente não sabe nada mesmo da vida ou esse sujeito era só mais um doido. Mas ninguém entende o que se passa na cabeça de um general. Como é que a gente vai saber?

— E a minha terra, a Grécia?

— Ah, tua terra. É. A Grécia. Eu li no acampamento. O helenismo. Primeiro, a Grécia, depois o Mediterrâneo e o mundo. Agora já estão até aqui nesse finzão de mundo. Dizem que foram eles que fundaram o Paraguay. É o nariz. Eu acho que é o nariz. Aponta muito para a frente. Aí o narigudo acha que sabe de tudo nesse mundo cheio de deuses.

— Tu és um bobo mesmo. Andou na Argentina, no Uruguay, grandes coisas... Arrebanhou uns livrinhos e acha que já é filósofo. Quem me dera...

A conversa voltou a render. Artêmio revelou que a novidade mais deslumbrante que tinha visto era o telégrafo. Ele ainda não se convencera, não acreditava que pudessem mandar uma mensagem por um fio esticado léguas e léguas. Pensava em fingimento, truque de guerra. Também desconfiava do que ouvira na tipografia. Diziam ser possível duplicar uma chapa impressora. A chapa, por si só, significava um avanço considerável numa oficina de letras, mas duas chapas iguais, para quê? Helena arriscou que poderiam ser para trabalhos de muita pressa. Artêmio ficou calado. Poderia cavalgar o mundo inteiro, descobrir os inventos mais fantásticos, mas Helena é quem continuaria a surpreendê-lo. Ainda resmungou um "é, talvez", mas a história já era outra.

Chegaram ao *nhu-porã* quando o assunto rodava entre cavalos, ovelhas, cavalos, horta, pomar, cavalos, trigo, feijão. A fazendola permanecia intacta. Além de um saque apressado de bandoleiros argentinos, nada que merecesse lembrança para os poucos viventes da região. Reencontraram tudo, gente, objetos e bichos, mais ou menos da mesma maneira que haviam deixado. Em pouco tempo, o dia-a-dia normalizou. Helena tinha a casa e a chácara sob controle. Artêmio organizou a bicharada no campo e delimitou a propriedade outra vez, com marcos junto às trilhas e nos baixios. Visitaram o povoado para rever os conhecidos e comprar mantimentos. Helena despachava cartas para a família, no Rio de Janeiro, e Artêmio conferia as novidades militares na Companhia da Guarda.

Depois do inverno mais rigoroso que sofreram no *nhu-porã*, quando a geada cobria de branco as coxilhas, árvores, casas, tudo, Helena começou a sorrir misteriosa sem qualquer motivo aparente e a inventar viagens todas as semanas para o povoado. Artêmio, a princípio, ficou intrigado, mas depois, percebendo a felicidade natural da mulher, esperou tranqüilo que ela viesse contar o que tanto a fazia sorrir. Helena nunca foi tão carinhosa. Acordava o companheiro a beijos longos nos cabelos, no rosto, no peito, nas mãos e depois preparava as comidinhas mais gostosas do mundo. Um dia chegou a levar à mesa uma ave enorme, Artêmio jamais tinha visto igual, inteira, com penas e tudo e ainda por cima fumegando. Uma outra vez colocou a mesa de um simples café da manhã com pão, bolos, tortas, travessas de frutas, carne e lingüiça assadas, ovos fritos com toucinho e geléias de todos os sabores imagináveis. Ela mesma riu sozinha. Artêmio nada perguntava, mas desconfiava. Uma noite notou a mulher acariciando o ventre depois do banho, sentada na varanda. Chegou perto sem dizer uma palavra, abaixou-se devagar, pegou as mãos de Helena e beijou-as com carinho, depois alisou os cabelos e o rosto lindo da mulher que tanto amava. Começaram a sorrir e depois choraram de alegria quase toda a noite. No fim do outono, em junho, nasceu o filho de Artêmio Martins e

Helena Romano. Era mesmo um menino. O guri mais bonito do mundo.

Artêmio e Helena sempre se bastaram um ao outro, mas adoraram quando Lemes, Mariana e o Honório foram visitá-los no começo de mais um verão. Pedro Ernesto já tinha nome e corria atrás das galinhas aos tropeções. Honório, então, era o terror dos quintais, os bichos mal podiam vê-lo que tocavam a retirada. Os dois casais viviam em paz, com filhos sadios e espertos, as estâncias produzindo progresso, mas a postura política do governo imperial incomodava os centauros domesticados. O Império taxava, limitava, comprava, vendia, fazia o que bem entendia. Lemes resmungava, "o Rio Grande está adormecido, capitão".

Artêmio, patriota provinciano, preocupava-se com tantos colonos estrangeiros. Falavam-se várias línguas pelas serras e campanhas gaúchas. Sem contar o guarani, língua cortada pela espada, quatro, pelo menos: português, espanhol, italiano e agora o alemão. Fora os índios e os pioneiros da colonização, espanhóis e portugueses, havia um enxame de colonos por todo o planalto. Impossível emergir um líder capaz de acomodar interesses tão diversos. Artêmio considerava que talvez tivesse sido este o motivo da abertura do Brasil para os estrangeiros. "Mais dia menos dia o povo da campanha não será mais povo e nem terá terras, este foi o jeito que encontraram para acabar o sonho da nação livre." Lemes concordava com tudo. Os dois mantinham a disposição de um dia lutar por um lugar forte, justo e independente.

Honório e Pedro passavam os dias soltos pela fazenda. Honório bem mais taludo, Pedro mal se agüentando nas pernas, mas sempre na maior alegria com o atrevimento do amigo e sua inesgotável capacidade de criar embaraços a todo o mundo em volta. Honório podia amarrar um gato caçador a um cachorro de pastoreio pelos rabos e de montar na corrida no lombo do avestruz, coisas difíceis até para homens feitos. Galinhas, gatos, porcos, cães, patos, marrecos, macacos, todos, sem exceção, tinham pavor do guri do Alegrete. Pedro Ernesto só não gostava de uma brincadeira: a corrida de gatos. Honório aprendera com um tio, um tal de Afonso Panzani, num povoado de beira de lagoa, pertinho de Porto Alegre. Os gatos eram colocados em um corredor cercado, como uma cancha reta em miniatura, amarrados cada um pelo pescoço por uma longa guasca. Na largada, alguém queimava os rabos dos bichos. Ganhava quem esticasse a guasca primeiro. O problema maior era conseguir gatos para a corrida, pois em geral eles morriam enforcados ao final da disputa. Pedro Ernesto não gostava, mas Honório adorava.

Antes de os Lemes voltarem para casa, Artêmio levou Augusto à vila dos missionários para que fizesse bons negócios com charque e couro e Helena carregou Mariana para apreciar os tecidos que vinham de Entre Ríos e a uma revisão no boticário. Pedro Ernesto e Honório se despediram assando eles mesmos um frango atrás do estábulo, mas nem o cusco Sarito, o cachorro de Pedro, quis comer. Os Romano Martins ficaram de retribuir a visita depois do inverno, antes da colheita. Mas o Rio Grande começava, outra vez, a resmungar em berço selvagem. A vida tomou rumos diferentes, mas com o mesmo trágico destino para aquelas duas famílias tão parecidas e unidas.

O capitão Lemes foi obrigado a armar sua gente para enfrentar os bandos de guerrilheiros uruguaios que infernizavam a fronteira. Frutuoso Rivera era apenas um retrato em parede de museu, na Banda Oriental, e os blancos apostavam na pressão política e militar para alimentar a instabilidade da região, o que só interessava aos impérios estrangeiros. Em uma das califórnias, Lemes acabou ferido a tiro e faca. Foi removido para Porto Alegre, quase morto, já rezado pelas carpideiras de Rosário. Mariana mandou um emissário ao *nhu-porã* e dois dias depois Artêmio, Helena e Pedro Ernesto chegavam à fazenda dos Lemes. No instante seguinte, Artêmio saiu a galope para a capital.

Atravessou o Guaíba surpreendido com a quantidade de construções ao longo do porto. A barca atracou no cais da alfândega, fim de tarde, a cidade formigava mais do que anos atrás. Tocou direto para o Hospital dos Militares, junto ao Oitavo de Infantaria. Encontrou Lemes com a aparência de dez anos mais velho e com vinte quilos a menos. Parecia o cadáver de Lemes. O centauro tomava sopa de colher na boca e falava aos roncos, as pernas não se mexiam, não se movimentava sozinho. Artêmio ficou calado. Lemes puxou-o pelo braço e falou o mais claro que pôde:

— Mata esse médico para mim, capitão. Eu já devia ter morrido, ele está me matando aos pouquinhos. Mata ele, por favor. Depois a gente conversa.

Artêmio foi direto ao gabinete do doutor Alfredo Gomes Jardim. A entrada intempestiva não abalou o doutor, acostumara-se com homens piores, que faziam barulho de esporas dentro de um hospital, apenas perguntou quem era e mandou sentar. Artêmio falou de Lemes. O doutor começou então uma longa dissertação sobre medicina de fato e o conhecimento humano dos males do corpo. Explicou que havia várias maneiras de tratar Lemes, uma delas seria cortar fora suas pernas e o braço esquerdo, a outra seria seguir combatendo as infecções e reconstituir ossos e funções arteriais. Da primeira maneira, devolveria apenas a metade de Lemes à família, com o tratamento, entretanto, o capitão sofreria por muitos meses ainda, mas talvez voltasse para casa com as próprias pernas. Artêmio entristeceu de vez. Não voltou de imediato para rever Lemes. Saiu do hospital pensando que o crescimento da cidade devia trazer algo de bom, só lhe restava acreditar no médico, o mundo caminhava para a frente, pelo menos para tratar soldados feridos e mandá-los de volta à guerra.

Andou em silêncio pelo centro da cidade, admirado pelas novidades. Comeu lingüiça com pão numa barraca de fumaça, luzes, cartazes, placas, gente, nunca tinha visto coisa igual, parecia outro país, outro mundo. Mas de repente viu uma pessoa conhecida, um velho companheiro da patrulha da serra, uma figura de um outro mundo mesmo. O cabo Leonel, o caçador da patrulha. Vendia bilhetes de loteria e entradas para a ópera no São Pedro aos gritos bem modulados, bem ao seu estilo de arauto incorrigível. O capitão ainda observou mais um pouco o desempenho de seu antigo liderado, depois assobiou e abanou com o braço erguido, como no tempo da revolução. De todos os gestos que fez na vida sem raciocinar, este, sem dúvida, foi o que mais atraiu a morte.

O cabo estava velho, desdentado e com uma cicatriz no alto do nariz. Caminharam pela rua da Graça até a alfândega. Centenas de pessoas passaram por eles, ninguém os cumprimentou. Leonel informou que as multidões solitárias eram privilégio extraordinário das grandes cidades. Artêmio perguntou se a afirmação significava uma "comunicação", Leonel respondeu que não, afirmação era afirmação. Artêmio gostou, os dois se entenderiam. Leonel contou o que fez para sobreviver desde que se perderam de vista no porto, anos antes. O capitão deu boas risadas. Leonel fora de tudo, desde fuzileiro e remador de um brique espanhol que afundou na barra da lagoa, fabricante de velas de cera e até dublê de duelo, mas desistiu no primeiro incêndio caseiro e na primeira surra de verdade. Insistiu em ficar na cidade e afinal descobriu o instrumento do futuro, mas não tinha capital para investir em um ofício desconhecido. O capitão escutava Leonel como se ouvir os loucos fosse sua sina na vida. O cabo perguntou se o capitão já ouvira falar no alto-falante. Uma espécie de sino ou corneta em que o cidadão, em vez de soprar, falava. Falava e a voz saía muito, muito mais alta. Se ele tivesse um alto-falante ali, agora, por exemplo, poderia gritar qualquer barbaridade que a praça toda ouviria. O capitão se interessou e perguntou qual a função prática do instrumento. Leonel riu. Depois esclareceu que o alto-falante poderia transmitir comunicados para multidões de uma só vez e a toda uma cidade em poucos minutos. Artêmio retrucou que isso ele também faria a cavalo, distribuindo proclamas impressos. Leonel, então, lembrou que a grande maioria do povo não sabe ler ou está cega ou as duas coisas juntas, mas que são poucos os surdos. Artêmio concordou, mas contra-argumentou. Disse que era mesmo um bom instrumento para ser usado em tempo de guerra, embora os toques de clarins fossem bem objetivos, os soldados sabiam que só tinham de ficar alerta, avançar ou recuar. Leonel lamentou que o capitão tivesse passado tanto tempo no campo sem vir à cidade. Havia milhares e milhares de pessoas envolvidas com milhares e milhares de fatos, avisos, comunicados, convites que podiam e deviam ser transmitidos. O alto-falante de bobina revolucionaria o mundo, bastava olhar em roda, só ele, Leonel, embora não soubesse nada que valesse a pena, poderia sair agora pela rua com um alto-falante e dizer oitocentas bobagens ao povo medroso como coelho. Artêmio não duvidou mais, Leonel sabia contar uma história.

Convidou o cabo para ir com ele ao hospital. Primeiro, levou-o a um empório de tecidos e roupas prontas de um judeu no beco do Rosário. Transformou o miserável Leonel no altivo cabo responsável por sua segurança pessoal dali em diante, na falta de melhor e mais específica qualificação. Chegaram ao pavilhão da enfermaria a tempo de presenciar os curativos. Nunca tinham visto água oxigenada nem iodo. Alarmaram-se quando a enfermeira derramou o primeiro vidro nos ferimentos costurados. A pele fervilhou espuma branca. Leonel recuou. Lemes se aliviou com o frescor da água e seu sorriso tranqüilizou o capitão. O segundo vidro pareceu de sangue de peixe. Lemes explicou ser parte do processo de cicatrização. Artêmio sentou ao lado da cama e contou da conversa com o doutor, na véspera. Os dois choraram. Leonel se afastou, a enfermeira também. Artêmio prometeu que cuidaria de Mariana e Honório e que viria vê-lo outras vezes até sua recuperação total, Lemes disse que não se preocupasse, sua mulher e filho estariam bem na estância da família, mas se pudesse voltar em seguida seria mesmo um grande conforto. Artêmio garantiu que voltaria em um mês, no máximo. Beijou a testa do companheiro e saiu do hospital depressa, para longe daquele cheiro de morte, de vidas penduradas por um fiozinho.

Artêmio e Leonel cavalgaram quatro dias até o Passo do Rosário. Seguiram devagar, o cabo contava casos o tempo todo, tão bem formulados e apresentados que o capitão acreditava em todos como se fossem comunicados oficiais em tempo de guerra. Perguntou o que Leonel sabia da medicina e o cabo falou por mais de duas horas. Em breve os cegos poderiam enxergar e não seria apenas através da lupa, os surdos ouviriam e os mudos cantariam à vontade, os dedos cortados poderiam ser costurados de novo no lugar e mais ninguém morreria de febre, tosse ou dos males do estômago e do coração. Artêmio chegou a Rosário certo de que a humanidade avançava para o futuro e ninguém mais padeceria por um tirinho ou estocada besta. Na outra semana, comunicaram de Porto Alegre que o capitão Augusto Lemes tinha morrido durante uma cirurgia.

Artêmio, Helena, Pedro Ernesto e agora o cabo Leonel ficaram ainda um mês no Alegrete. Helena ao lado de Mariana o tempo todo, o capitão e o cabo levando Pedro Ernesto e Honório para intermináveis brincadeiras à beira do rio. À noite, Artêmio e Helena se abraçavam na varanda e lamentavam a vida dura que destrói qualquer um quando menos se espera. Logo depois, pelo menos nos primeiros dias de *nhu-porã*, tudo voltou ao normal. Leonel mantinha o sítio bem informado das novidades da região e Pedro Ernesto se encarregava de produzir algumas delas, como da vez em que sumiu no mato um dia inteiro e quando quase matou as índias de susto com seu estojo de guardar cobras. Mas a calmaria dissipou em seguida. Artêmio soube como, de verdade, o capitão Lemes tinha sido ferido. O entrevero fora entre o pessoal do Passo do Rosário e um piquete avançado de um coronel muito poderoso de Caçapava, nada de blancos ou colorados ou argentinos. Artêmio lembrou-se de Chico Pedro. Como era possível que aquele homem, quase 15 anos depois do fim da revolução, ainda mandasse matar gente na campanha? Conversou com Leonel até altas horas da noite, fechados no celeiro, não permitiram nem a presença de Pedro Ernesto. Saíram do galpão com a decisão de marchar sobre Caçapava.

Helena conseguiu controlar o impulso de pular aos tapas na cara de Artêmio. Manteve-se calma, disse apenas, revirando displicente as páginas do diário onde escrevia com pena de ganso, que "nunca interessam os motivos que levam os homens à guerra, o que interessa é que eles vão matar ou morrer: jamais se vai a um campo de batalha para negociar a paz". Arriscou que Artêmio mais uma vez avaliara errado uma questão tão clara e jurou de pés juntos, mãos postas, posição que tanto irritava o capitão, que ele jamais a veria e nem a seu filho se insistisse em partir por qualquer motivo. Artêmio passou dois dias emburrado, depois esqueceu o assunto, mas a calmaria não voltaria nunca mais.

O cabo Leonel tinha os mais vastos limites para seu país imaginário. Era um centauro. Podia rodar os vilarejos das Missões em menos de uma semana, dar um pulinho em Porto Alegre ou galopar distraído até Montevideo. Pedro Ernesto era quem mais sofria com os sumiços de Leonel, Artêmio costumava esconder sentimentos pessoais e Helena sentia saudades do companheiro boca fina que rejeitava pedaços de carne que fariam salivar um defunto. A última viagem de Leonel durou todo o verão. Reapareceu mais gordo, amorenado, calado e misterioso. Muito ao contrário das outras vezes, nada tinha a relatar.

Os dias passavam e Leonel os perdia inteiros à sombra das paineiras, mastigando tocos de capim e dormindo como boi preguiçoso. Artêmio tentou várias vezes saber qual o problema, Helena reclamava a toda hora e Pedro Ernesto desistiu do "vagabundo imprestável", como disse à mãe cada vez mais impressionada com o vocabulário do filho. Depois da última chuvarada de maio, o frio pregando todas as coisas sobre a terra, o capitão perdeu a paciência com Leonel. Levou-o para descarnar um bezerro morto no açude e, trabalho terminado, exigiu que explicasse a situação vexatória. Leonel, então, com muita calma, sentou sobre os calcanhares à beira do espelho d'água e contou o que tinha acontecido na viagem e o que achava que iria acontecer dali a pouco.

Artêmio e Helena talvez desfrutassem o momento mais profundo da paixão que sentiam desde que fugiram de Rosário. O *nhu-porã* se transformara em mais do que a terra prometida, o eldorado, era o lugar onde sentiam a luz da vida tremendo na chama do lampião da varanda, o lugar das alegrias, o lugar onde criavam o filho adorado. Em *nhu-porã* escavaram a terra com as mãos, um ao lado do outro, agora o mundo às vezes ficava pequeno, sumia debaixo dos pés durante um beijo, um abraço. Artêmio, Helena e Pedro Ernesto defenderiam o *nhu-porã* até à morte e foi mais ou menos o que tiveram de fazer por causa do velho companheiro cabo Leonel. O mensageiro preferido do capitão Artêmio Martins fez assim o último comunicado de sua vida:

— Bem, capitão, nem sei como contar. Eu fui a cavalo até as Torres, bem pertinho da Porteira da Serra, lá onde o Garibaldi naufragou. Queria fazer uma surpresa e trazer notícias fresquinhas da nossa terra, mas saiu tudo errado. Conheci no caminho uma família de alemães da vila de Santa Rosa. Gostei daquela gente. Fiz amizade. E me apaixonei pela filha mais velha do alemão. Quer dizer, nem sei, agora está tudo muito complicado, não consigo pensar direito, mas me apaixonei mesmo pela *Frau* Marta. *Frau* Marta, esse é o nome dela. Precisavas ver, capitão. A mulher tinha carne mais quente que braseiro de chão. Me entreguei, capitão. Sei que não pode ser assim com mulher, mas me entreguei, capitão. Era muito gostoso. Eles também gostavam de mim. Segui a caravana do alemão como um cusco. Ajudei o alemão a controlar o veraneio entretendo a gurizada, agradando a alemoa-mãe e comendo a *Frau* Marta de todo jeito, a toda hora, em qualquer mato fechado. Uma beleza. O alemão fazia que não via, acho que queria um farroupilha pra genro, imagina só. E foi assim até acabar o calor. Subimos a serra de volta, uma beleza mesmo, capitão. Mas aí aconteceu. Quem podia prever? A gente já estava perto do povoado do alemão, eles apareceram de não sei de onde. Era um punhadinho, briga fácil pra gente como nós. Não tinham estandarte nem uniforme nem divisa, nada. Parece que estavam brincando. Agora, pensando bem, parece que estavam brincando mesmo, não sei como não me dei conta, mas quando vi, lá, na hora, já tinha dado com o relho na cara do mais ousado e gritado pro alemão picar a mula. O velho atiçou o carroção na trilha. Eu só tinha cinco tiros na espingarda, deitei na parte de trás e esperei os homens se aproximarem. Não eram bons de briga, não, capitão. Vieram galopando amontoados, todo mundo sabe que assim é mais fácil, não é? Não errei nenhum dos tiros. Caíram cinco. Os outros pararam. O alemão entrou no pinote dentro da vila, pensei que a gente estava salvo. O alemão foi se embora pro sítio dele com toda a família, fiquei no meio do arraial, sozinho, esperando a *Frau* Marta voltar. De noite, a vila era um burburinho só. O dono do bolicho me contou que o alemão era um safado, os homens do piquete só queriam dar um susto no estrangeiro. E eu tinha derrubado cinco a tiros e um no relho, marquei a cara do bagual a relho e deixei mais cinco no chão. Fiquei louco, capitão. Tinha feito a maior besteira de minha vida, capitão. O vendeiro me disse ainda que eu tinha matado dois dos filhos do coronel José Justiniano, um homem que lutou a vida inteira contra os imperiais, já imaginou, capitão? Eu matei os filhos do coronel sem nenhum motivo. Ele mandou gente à minha procura. Então resolvi voltar para casa.

Artêmio perguntou de imediato por que ele tinha vindo ao *nhu-porã*. O cabo Leonel surpreendeu o capitão pela última vez, disse que ali também era o seu lugar, o único lugar do mundo onde fora sempre bem tratado e amava a ele, o capitão tão amigo, a dona Helena e ao menino Pedro Ernesto. Não poderia ir para outro lugar. Artêmio voltou para casa nervoso e comentou com Helena que seu velho companheiro sofria de algum tipo de desequilíbrio, não conseguia nem contar uma história direito, o caso devia ser outro, mas era muito, muito provável que a parte da perseguição, do piquete que corria trás dele, isso devia ser mais ou menos verdade. Os dois resolveram mandar o cabo passar uma temporada no Alegrete, mas não tiveram tempo para isso. Vários homens montados chegaram à porteira e deram dois tiros de aviso para o ar. Naquele momento, começava a grande tragédia que marcaria a vida de Artêmio e de Helena até seus últimos e desesperados dias.

Os cavaleiros atravessaram a porteira e avançaram a trote, armas seguras em pé, sinal de ataque. Um segundo grupo, mais atrás, abriu para os flancos. Artêmio olhou o pátio dos fundos, um possível caminho de fuga, mas de lá vinha outro grupo de cavaleiros, armas também em riste. O cabo Leonel foi o primeiro a cair. Tentou atravessar o terreno entre o açude e a estrebaria, mas acabou derrubado por um tiro certeiro nas pernas, no meio do caminho. Uma fuzilaria pesada estremeceu seu corpo e o chão ao redor até ficar tudo encoberto pela poeira.

Artêmio chegou à varanda com a espingarda carregada e tentando enxergar Pedro Ernesto na confusão. Helena já tinha visto o guri e corria de braços abertos para o filho. Artêmio tentou correr até eles, mas foi atingido no ombro esquerdo por um primeiro tiro. Continuou avançando e recebeu o segundo, na coxa esquerda. Caiu ajoelhado. Helena nem o viu tombar ferido, o que viu foi Pedro Ernesto ser derrubado por um cavalo e pisoteado por outro. Estava a dez passos do filho quando três homens bloquearam a passagem. Um deles, com o rosto camuflado de tinta vermelha e azul, a deteve, espetando-lhe uma espada no peito. Helena tentou se desvencilhar, gritando por Pedro Ernesto, então o mascarado fez o movimento que o capitão vira tantas vezes em combate. O punhal cruzou o ar tão rápido que

Helena só ouviu o corte. Hesitou um segundo, depois sentiu uma ardência tomar todo seu corpo, levou as mãos ao peito, à garganta, e recuou cambaleando. O mascarado gargalhou. Artêmio ficou paralisado de terror. Helena se virou lentamente e caiu ao chão, o vestido empapado de sangue. Artêmio se levantou num impulso e tentou correr aos arrancões, mas foi cercado por cavaleiros e derrubado ao chão com uma bordoada na cabeça. Desmaiou. Quando abriu os olhos a tragédia continuava ali à sua frente e ainda muito longe de acabar.

Pedro Ernesto jazia imóvel com Sarito ganindo a seu lado. Helena caída de bruços numa poça de sangue, a poucos metros do filho. O pátio da fazenda juncado de cadáveres. Peões, índios, criadas, todos mortos, espalhados pelo quintal, pela varanda, por onde o capitão pudesse estender a vista. Na frente da estrebaria, um homem em chamas, pregado numa cruz, o cabo Leonel. Artêmio se sentia rasgado ao meio. A dor, como uma onda quente, queimava seus pensamentos. O filho e a mulher estendidos no chão, imóveis. Tentou caminhar, mas nem mexeu os pés. Tentou de novo. Percebeu que estava amarrado à cerca do curral com cordas tão apertadas que mal podia respirar. Não acreditou no que estava acontecendo. Gritou e forçou o corpo para a frente. Não existia mais dor, não existia mais nada. O capitão Artêmio Martins era apenas um grito.

O piquete assassino zanzava pela propriedade, vasculhando, saqueando, destruindo. O cabo Leonel, o esqueleto do cabo Leonel, fumegava na cruz. O comandante do ataque, montado num alazão negro, estancou o animal a dois metros do capitão. Dois cavaleiros o escudaram. O mascarado também se aproximou, com o punhal na mão, o mesmo punhal que atingira Helena. Mas o comandante ordenou que não degolassem o dono da casa, sofreria mais se ficasse vivo, a lição estaria completa. E esporeou a montaria. O mascarado riu, cuspiu na cara de Artêmio, embainhou o punhal e também saiu a galope.

O capitão recobrou a consciência olhando para o céu. Notou os urubus muito baixos. Baixou a cabeça e viu tudo igual. Pedro Ernesto imóvel. Cabo Leonel, os ossos de cabo Leonel pregados na cruz. Helena caída sobre a poça de sangue cada vez maior. Galinhas, porcos, cachorros chafurdando em volta. Gritou com toda força do corpo e da alma. Não sentia dor, o desespero o empurrava para a frente, mas as cordas encharcadas de suor e sangue o seguravam à cerca. A quantas horas estaria ali? Por que Helena e Pedro não se mexiam? Por que não vinham ajudá-lo? Helena, levanta daí, mulher. Pedro Ernesto, Pedrinho, guri safado, sai do chão e vem desamarrar teu pai. Onde está todo mundo? Deus, onde está Deus? Por que não vem ninguém neste inferno? Deus, Deus, me mata logo, pelo amor de Deus. E gritava e sangrava, as cordas dilaceravam a carne. Os urubus começaram a pousar perto dos corpos. O capitão prendeu a respiração até a cabeça fervilhar como se derramassem água quente, foi tudo escurecendo devagar e ele fechou os olhos por muito, muito tempo.

Helena abriu os olhos e viu o vulto preto e o bico retorcido do abutre. Ainda não podia se mexer. O rosto enterrado na lama, a boca tocando o barro encharcado de sangue, o seu sangue. Não conseguia movimentar a cabeça, imobilizada pela ferida coagulada no pescoço. Mais abaixo, podia ver o peito aberto, a carne revirada para fora, embranquecida, coberta de mosquinhas e formigas. Tentou virar para Pedro Ernesto, para ver se continuava caído, "coitadinho do meu filho". Onde estava Artêmio? Antes de ficar paralisada, cravada na terra, Helena vira o companheiro agarrado pelo mesmo mascarado que tentara degolá-la, depois desmaiou. Agora só sentia uma dor insuportável que estremecia seu corpo, e ouvia uivos e gritos que pareciam sair do fundo da alma de Artêmio morrendo a poucos metros e ela sem poder fazer nada, sem mexer um dedo.

O urubu bicou seu braço esquerdo três vezes, em golpes rápidos e curtos. Helena mal conseguia gemer. Levantou a vista e olhou o bicho no olho negro, esperto, igual a vidro lixado. Mexeu com o braço direito e sentiu que ainda poderia defender sua vida. Quando o abutre baixou a cabeça tentando bicar o peito ferido, ela o agarrou pelo pescoço como estava muito acostumada a fazer com as aves do quintal. O urubu se debateu, Helena sentiu a revoada ao redor, eram os outros urubus, assustados com a repentina reação de um dos mortos. Apertou o pescoço do animal como se apertasse o pescoço do comandante do bando, apertou até cessar a pulsação sobre seus dedos e a ave negra ficar imóvel. Tentou atirá-la para trás, mas o bicho caiu a três palmos do seu nariz.

Helena não ouvia mais os gritos de Artêmio. Por que não aparecia ninguém? E Pedrinho? Como estaria Pedrinho? Apoiada no braço direito e nos joelhos, começou a se arrastar, mas a dor no peito paralisava a espinha. De repente, perdeu todos os movimentos, desfaleceu. Acordou com o rosto enfiado na lama e ouvindo nítido tropel de cavalos. Esperou, não podia virar-se. Passou-se muito tempo. Às vezes ouvia vozes, às vezes passos. Tentou gritar, a dor não deixou. Ouviu uma voz de mulher dizer "olha ali, o pobrezinho no chão, é o filho deles". Helena gemeu o mais alto que pôde. Em seguida, dois homens e duas mulheres se debruçaram sobre ela. Eram pessoas conhecidas da vila, alertadas pela fumaça das queimadas. Helena balbuciou "meu filho", as pessoas disseram que estava vivo, mas muito mal, já o tinham levado para a fazenda do médico, agora iriam levá-la também. Pronunciou "Artêmio" e abriu os olhos cheia de esperança. "O capitão parece morto, dona Helena", disseram bem baixinho. Helena desmaiou.

Recobrou a consciência por inteiro, como Artêmio, só três dias depois, no grande hospital de campanha do Alegrete. Recuperava-se com dificuldade dos cortes profundos que sofrera no peito e no pescoço e de outros ferimentos generalizados pelo corpo. Sentia febre e perdera a vontade de viver. Artêmio morto, não podia acreditar. Pedro Ernesto sofrera concussão cerebral, fora operado e convalescia em lento processo de recuperação. Helena, mesmo que conseguisse o impossível, levantar e caminhar, nem chegaria perto do filho, em completo isolamento.

O pessoal do hospital sabia muito bem quem era aquela mulher, que já fora a mais bonita do mundo para o povo da campanha. Sabia também quem era o capitão Artêmio Martins, antigo combatente farroupilha, muito conhecido pelos proclamas populares que rodaram livres pelo pampa no tempo da República, Helena teria pelo menos o conforto de ser bem cuidada, a filha e o neto do doutor Amadeu Romano seriam tratados com dedicação. Perguntava a todos por Artêmio, mas ninguém sabia nada conclusivo. O que sabiam, não revelariam, pelo menos enquanto convalescesse. A informação que se tinha em Alegrete é de que o capitão não suportara os ferimentos e a dor de ver a família mortalmente ferida, enlouquecera e, afinal, se suicidara depois de várias tentativas.

Artêmio acordou por inteiro, a ponto de entender quem era, o que tinha acontecido e onde estava, três dias depois do ataque, deitado na cama da enfermaria do quartel de um povoado das Missões. O corpo doía, só mexia a cabeça, o braço esquerdo e a perna direita. Começou a gritar "Onde está Helena? Onde está Pedro Ernesto? Onde está a vida?". Gritou para as freiras enfermeiras que queria morrer ali, agora, de imediato, e tentou jogar-se da cama, mas foi agarrado e amarrado. Gritou até desmaiar. Foi assim por longo tempo, cinco, seis vezes, não admitia estar vivo, amarrado a uma cama de hospital, e a mulher e o filho mortos em algum lugar. Aplicaram-lhe uma série interminável de medicamentos de todas as cores e tamanhos. Não conseguia expressar um raciocínio compreensível até que o pessoal da enfermaria o considerou um louco irrecuperável, talvez fosse melhor que morresse mesmo. Nenhum conhecido foi vê-lo enquanto esteve internado, proibiram-se as visitas ao suicida em potencial, conforme explicavam os funcionários da enfermaria aos conhecidos da família Romano Martins. Logo em seguida, depois de sofrer algo parecido com uma síncope cardíaca ao tentar sair na marra e ser contido por guardas na porta do quartel, foi dado como morto pelos enfermeiros.

Acordou de madrugada deitado numa imensa bacia de metal, rodeado de cadáveres. Pensou que estava no céu, aquilo devia ser o purgatório. Resolveu sair para procurar Helena e Pedro Ernesto. Deixou o necrotério sem problemas com a guarda, era noite. Caminhou dois dias sem parar subindo um rio que não conhecia. Não dirigiu a palavra às pessoas que encontrou e nem respondeu às indagações curiosas. Às aves, tentou matar a todas, a pontapés vãos pelo ar. Aos outros bichos, atirava pedras e espantava aos gritos. Passou noites inteiras chorando e erguendo as mãos para o céu, queria rasgá-lo, derrubar as estrelas e pisoteá-las até apagarem. Os ferimentos mal cicatrizados, castigados pela dura caminhada, acabaram por derrubá-lo. Acordou encolhido, tremendo de febre debaixo de grossos acolchoados e cobertores de lã, um travesseiro perfumado de hortelã, teto forrado de madeira, lampião de óleo cru. Recobrou a consciência aterrorizado, como já se acostumara depois de tantos desmaios. O corpo doía inteiro, os dentes batiam, o suor escorria. Reconheceu, então, uma casa de colonos alemães, um casal deles sobre a cama, sorrisos e ar de preocupação. Continuava vivo.

O doutor Pedro Acácio Varela conhecia Helena Romano desde muito antes de as pessoas perceberem que se tratava de uma moça muito especial, de insaciável sede de conhecimentos e dona de uma beleza clara, limpa, limpa como a imagem dos deuses do Olimpo grego. Beijou a mão direita de Helena com a suavidade só permitida aos homens experientes, admirados e emocionados com a existência da beleza pura. Reverenciou o mais que pôde a mulher abatida pela tragédia e ajudou, sem perceber, a desconcertar ainda mais o destino de Helena Romano e seu filho. Decidiu que precisavam viajar com urgência a um grande centro, onde seriam atendidos por médicos especializados em seus casos. Um primeiro estágio poderia ser feito em Porto Alegre, depois teriam de viajar ao Rio de Janeiro. O doutor sabia, entretanto, que em Buenos Aires os dois seriam mais bem tratados. Recomendou que fossem à capital portenha. O trajeto era mais fácil e seguro. Bastavam algumas léguas até Uruguaiana, dali seguiriam de barco, tranqüilos, até Buenos Aires, onde seriam recebidos pelo doutor Daniel Echeverría, seu antigo companheiro da Universidade de Lisboa. Helena sorriu com tantas amabilidades, mas queria montar num cavalo e ir até o *nhu-porã* saber onde seu companheiro havia sido sepultado. O doutor Varela garantiu que ela teria tempo de oferecer uma sepultura mais digna ao capitão Artêmio Martins, mas antes precisava cuidar de ficar viva e de cuidar para que seu filho também sobrevivesse. No outro dia, sob o frio da campanha gaúcha, Helena e Pedro Ernesto deslizavam de fiacre na trilha de barro pelas coxilhas onduladas no rumo de Uruguaiana.

O capitão não dizia uma palavra aos alemães, primeiro porque não precisava, seus ferimentos gritavam por ele, e segundo porque temia que o matassem. Queria voltar ao *nhu-porã*, depois ele mesmo daria um jeito de morrer. Não entendia o que os alemães conversavam e viu-se removido para outro lugar. Continuou atendido por alemães, mas agora vestidos de uniforme branco. Às vezes, perguntavam-lhe em português e espanhol quem era, de onde vinha, o que acontecera. Inútil responder. Esperava apenas se sentir melhor para poder escapar. Tinha muito o que fazer, voltar para casa, saber onde sepultaram a mulher e o filho, depois iria procurar o tal de coronel Justiniano. Por enquanto, desconfiava dos alemães e do tratamento. Mas a ação dos desinfetantes aliviava o formigamento da dor e convenceu o capitão a se submeter aos cuidados de uma senhora gorda, risonha e feia. Na outra semana, foi removido pela antiga trilha de Santa Maria, como ouviu os cocheiros conversando logo que partiram. Tentava reagir, fugir, mas a febre e a dor o empurravam para o fundo da maca.

Helena e Pedro Ernesto ficaram 45 dias no Hospital Nuestro Señor de Rivadavia, em um morro de onde podiam ver os prados e os currais da cavalhada. Helena passava os dias no terraço, no tímido sol da primavera argentina. Nunca imaginou que pudesse conhecer naquelas condições o país que o capitão tanto admirava. A vida fora terrível com ela. Jamais precisou falar a alguém sobre a dor que sentia pela perda de Artêmio. Seus olhos, antes claros e brilhantes, agora marcados por profundas olheiras escuras, falavam por ela. O rosto bonito vivia encoberto por um véu de sombras. Pedro Ernesto ainda necessitava de muitos cuidados, mas ela, na verdade, clinicamente, estava recuperada, como disse o doutor Echeverría. Somente o ferimento no peito ainda carecia de curativos. E apenas um risco quase de orelha a orelha por baixo do queixo, como uma correntinha negra, ficara para sempre como cicatriz do corte a punhal. Pedro, sim, ainda tinha longo tratamento pela frente. Seria mais conveniente que fossem para a capital do Império brasileiro.

Em um fim de tarde vermelho, Helena cansou de vegetar naquele lugar visitado pela morte todo santo dia. Decidiu ir com Pedro para Porto Alegre, sobreviveriam na casa de seus tios, caso contrário, morreriam com a cabeça voltada para o *nhu-porã*, para a querência gaúcha. Não havia outra coisa a fazer. O doutor Acácio Varela recebeu a comunicação de seu colega Echeverría de que a senhora e o guri tinham deixado o hospital quando a mãe e o filho já desembarcavam de um vapor no cais do trapiche da alfândega.

Helena mal podia com o próprio peso, abaixo dos cinqüenta quilos. Pedro Ernesto caminhava a passos tão curtos que um pé mal superava o outro. Foram levados direto para o sobrado da Senhor dos Passos. Nos primeiros dias, Helena se sentiu um estorvo para aquela gente tão preocupada e envolvida com as questões econômicas e sociais da cidade grande que mal tinham tempo para a mulher magra, com uma cicatriz horrível debaixo do queixo, e para o menino rabugento que chorava na varanda a cada pôr-do-sol no Guaíba. Com o tempo, entretanto, acostumou-se a ser apenas um objeto no quarto do sótão. Cuidava do filho e imaginava uma maneira de retornar para a campanha e enfrentar a vida até que a morte viesse pela última vez.

O capitão Artêmio Martins deixou a enfermaria de campanha de Santa Maria mancando da perna esquerda. Era agora um homem magro, cabeludo, de aspecto miserável, muito, muito pior do que nos tempos da Guerra dos Farrapos. Contou o que sabia de sua história mais recente, incluindo o ataque à fazenda no *nhu-porã* a um capitão do Corpo da Guarda. Conseguiu um cavalo bem encilhado, roupas novas, botas e um punhadinho de notas e moedas de real. No outro dia, bem cedinho, saiu gemendo pela estrada. Demorou uma semana até chegar a um pequeno povoado perto do *nhu-porã*. Precisava de longas paradas, mal agüentava a dor nas pernas e nas costas quando montava por mais de uma, duas horas. Sentia-se como um centauro dividido ao meio ao sentar à sombra e ver o cavalo pastando tranqüilo, sem uma gota de suor, pronto para o galope, e ele sem poder sequer se levantar. Na encruzilhada, encontrou alguns cavaleiros que não o reconheceram. Era metade do que tinha sido, se muito fosse. Não se identificou, apenas perguntou pelo povoado das Missões, pela família que fora destroçada no *nhu-porã*. As pessoas em princípio ficaram caladas, depois resmungaram que aquele agora era um sítio amaldiçoado onde havia morrido um monte de gente sem motivo, só poderia ter sido vingança, os mortos às vezes merecem, nunca se sabe. Naquela época, quando a força era quase a única alternativa à ignorância absoluta e os modos arredios colaboravam decisivamente para confundir qualquer história passada de boca em boca, e naquele lugar, onde as pessoas da campanha mal costumavam falar num linguajar ainda pontificado de grunhidos e não havia meios para transportar fatos de um local a outro, o passado não podia ser reconstituído. A cortina que encobria a realidade do massacre na fazenda dos Romano Martins era tão tênue quanto intransponível. Artêmio bebeu uma garrafa inteira de aguardente sem dizer mais uma palavra. Bêbado, escorregou encostado na porta do bolicho, sentou no chão, colocou a cabeça entre as mãos e chorou. Chorou por sua família dizimada pelos legalistas, chorou por Helena e Pedro Ernesto mortos por um bando de degenerados e chorou por ele, por estar vivo e decidido a sangrar até a morte por ter sido incapaz de lutar e salvar a mulher e o filho.

Reconheceu a estação de mudas da vila Missão de São Borja quando lavou o rosto num tonel de água. Ficou assustado. Enterrou o chapéu na cabeça e se foi para o porto. Tinha medo de tudo. Reagia como um animal ferido. Embarcou numa balsa e passou para o lado da Argentina. No início do dia, como mais gostava, começou a trotar pela campanha. Seguia no rumo do povoado de Corrientes, beira do Rio Paraná, fronteira noroeste de seu país imaginário. Sentia-se invalidado, anulado, a dor no ferimento da perna já era tão normal quanto o desespero de estar só.

Helena e Pedro Ernesto demoraram seis meses para criar condições físicas e coragem espiritual e sair em caminhada pela rua até a praça da Igreja da Matriz. A vida continuava ao alcance das mãos. Os novos prédios, as placas coloridas diante das casas de comércio, carruagens luxuosas de janelinhas encortinadas, charretes de carreira, tudo atraía a atenção dos dois. Queriam acreditar que algo valia a pena de ser admirado, festejado. Na segunda saída, mais familiarizados com a rua, passearam pelo bairro elegante do alto do porto, e na terceira arriscaram ir ao centro. Helena comprou um livro, a *Odisséia*, edição em língua portuguesa, e um almanaque ilustrado. Pedro Ernesto comprou um chapéu novo para encobrir a cicatriz visível entre os cabelos ralos. Ao passarem por uma loja de tecidos e roupas para o trabalho campeiro, Pedro Ernesto apontou para um poncho preto de listras vermelhas e disse que ficaria muito bonito em seu pai. Helena ficou com lágrimas nos olhos e respondeu apenas "é, ficaria muito bonito no capitão Artêmio Martins".

O sobrado do Alto do Senhor dos Passos recomeçou a receber a visita do engenheiro Astério nas tardes de quarta-feira e nas manhãs de domingo. Sempre com presentes para Helena, flores, frutas, perfumes ou livros. Também não esquecia Pedro Ernesto, mas para o guri sempre trazia o mesmo: saquinhos de caramelos. Pedro Ernesto não gostava dele e Helena sabia que Astério continuava apaixonado, devia ser meio maluco, pois ela se sentia uma mulher vencida pela dor e a caminho dos cinqüenta anos. Astério dizia que ela exagerava e bastava se cuidar um pouquinho, escovar os cabelos com altivez, vestir roupas bem passadas a ferro quente e, pronto, seria de novo uma das mulheres mais bonitas do mundo. Com isso, Pedro Ernesto concordava, mas ela não. Tinha pavor do risco negro debaixo do queixo.

As semanas passaram e Astério começou a vir quase todos os dias. Helena se sentia melhor, fortalecida, talvez pronta para retomar a vida normal. Pedro Ernesto também superara todas as dificuldades de uma operação cirúrgica na cabeça e vivia de olho espichado para o Guaíba, sonhando com a terra perdida. Helena reuniu bom capital com os tios, afinal os Romano tinham muitas propriedades na capital da Província, só o sítio de Belém valia uma pequena fortuna. Em uma noite de domingo, depois de um dia agradável de passeio pelo Caminho de Belas, tomou uma decisão: era mulher do capitão Artêmio Martins, e seria assim até que ele voltasse e não a quisesse mais ou então ela morresse num fim de mundo qualquer.

Antes da partida resoluta pela campanha, para recolher pedaços de passado que ainda pudesse encontrar, Helena se despediu de Astério. Pediu que não os procurasse mais, aquela situação a exasperava. O engenheiro deu um sorriso, colocou o chapéu na cabeça e saiu pelo jardim, desaparecendo da vida de Helena Romano como um cavalheiro. Uma semana depois, véspera da viagem, ela recebeu uma carta da mãe, mas não entendeu uma frase sequer. Considerou que dona Vanda também mergulhava nas águas profundas da caduquice, como o pai. No outro dia, com Pedro Ernesto exultante na boléia, partiu num fiacre velhusco pelo mesmo caminho de tantos anos antes, a barca das Pedras Brancas e a estrada real para o Alegrete. O destino não poderia ser outro.

Helena e Pedro Ernesto chegaram ao *nhu-porã* molhados como pintos fora do galinheiro. A chuva batia no chão como se quisesse revirar a terra pelo avesso. Helena parou nuns destroços onde havia sido a porteira de sua fazenda. Ela e o guri ficaram longo tempo olhando em direção aos escombros da casa. Seus corações não permitiam que fossem adiante. Entenderam que era preciso esquecer aquele lugar para continuar vivendo. Pedro Ernesto deu meia-volta no fiacre e foram direto para o sítio da viúva Mathias, uma feiticeira negra alforriada pelos farroupilhas, velha conhecida de Helena e do capitão.

A viúva os recebeu bem, mas com alguma desconfiança. Helena disse que havia voltado para esperar a morte em paz, com o filho, e que pretendiam cultivar plantas para vender como especiarias na capital. A viúva não acreditou, mas ficou satisfeita com as explicações, velho costume do povo da fronteira. Os dias passaram e Helena e Pedro não se afastaram do rancho nem para uma visita rápida à vila da missão de São Borja. Ela queria primeiro ajeitar a vida para depois anunciar que continuava viva.

A viúva Mathias se antecipou às pretensões de Helena e propôs negócio. Venderia o sítio para ir viver de novo na casa da família que a criara, no caminho da Azenha, em Porto Alegre. Helena aceitou na hora. Em um mês a viúva partiu, ela e o filho assumiram o rancho simples, mas bem-cuidado. Casa de barro e madeira, forrada, cinco divisórias até o teto, chão batido na varanda e soalho nas três peças internas; uma pequena chácara de hortaliças e um pomar sortido; celeiro e curral para meia dúzia de vacas, duas mulas, uma égua com potro desmamando, dois cachorros e uma capoeira razoável de galinhas. Duas quadras de terra. Pouco, mas deles. E dava para levar a vida até que o capitão ou a morte batessem à porta. De fato, os dois acabavam de voltar aonde tudo havia terminado para os Romano Martins. Agora, começava a espera que jamais teria fim.

O capitão parou o cavalo num prado limpo, não se via um arbusto, só o verde da campina, o pôr-do-sol avermelhando a terra e o azul do céu escurecendo. Sentiu o vento no rosto, os cabelos balançando na gola do poncho. Mais um fim de tarde com a certeza de que a bola vermelha iria levantar amarela no outro lado, no outro dia. O capitão, então, se ergueu no estribo, tirou o chapéu e gritou para o campo deserto, para o vasto mundo a seu redor:

— Eu não gosto de nada. Eu não gosto do vento, das nuvens, da chuva, do sol, eu não amo nada. Nada me serviu de nada. Não há Deus. Ninguém manda em coisa alguma. Eu não gosto de nada!

E jogou o chapéu no chão. Sentou de novo na sela. Respirou fundo e desmontou. Andou em roda como os cães. Puxou uma bolsinha de fumo picado, tirou uma porção e uma palha de arroz. Enrolou, acendeu e dirigiu-se à natureza mais uma vez:

— Não servem para nada. Isso mesmo, para nada. A vida não serve para nada na hora da morte. A morte não é deusa de nada. Eu tenho ela aqui nas minhas mãos. O vento, sim, eu não posso segurar. Nem a chuva nem o sol nem nada. As coisas da terra é que são as donas do mundo. Só não são donas da morte. E por isso não servem para nada.

O cavalo saiu a passo, pastando. Artêmio acocorou-se no meio da campanha, jogou o corpo para trás, colocou as mãos cruzadas atrás da cabeça e fechou os olhos. Não sabia o que fazer na vida. Ou esbofeteava o mundo ou se acomodava chorando ou cravava uma faca na barriga. Terminou o cigarro e ficou mastigando um caulezinho de capim. O cavalo, um crioulo, parecia saber que o dono sofria e ficou à distância, os grandes olhos negros cobertos de tristeza. O capitão se distraiu olhando o animal sentir emoções humanas.

Os cavalos chegaram aos campos úmidos deste canto da América Latina, no século XVI, trazidos por colonizadores espanhóis e portugueses. A raça ibérica, usada antes apenas como tração, parece ter se encantado com a imensidão do pampa e sua nova missão na vida, tropear gado, tanto que em pouco tempo já estava adaptada ao novo mundo, com o dorso mais curto, a garupa mais inclinada, patas musculosas e cascos enrijecidos. O crioulo surgia como o animal mais indicado para a lida com o gado ou para um simples passeio pelo campo. O gaúcho encontrava, afinal, o bicho com o qual se transformaria numa única e poderosa criatura, para trabalhar, andejar ou fazer a guerra.

Com uma ponta enferrujada de lança, o capitão escavou as iniciais de seu nome no cabo do punhal. Tinha ainda, na verdade, um único trabalho a fazer na vida. E precisava ser assinado. Depois pulou no lombo do matungo e se foi no rumo do norte. De todas as vezes em que fez o contrário do que havia planejado, esta foi a mais decisiva e a que causou danos irreparáveis. Em vez de seguir o primeiro impulso, ou seja, procurar informações oficiais sobre o que acontecera no *nhu-porã*, o capitão se deixou arrastar pelo instinto, afastando-se em definitivo da família e dos sentidos da razão. A Porteira da Serra, a patrulha, o *nhu-porã*, mulher e filho, nada mais existia. Crescia a sanha da guerra e nasciam os primeiros desvarios da loucura. O centauro galopava a caminho da lenda.

O capitão Artêmio Martins fez a primeira parada de sua nova vida com pouco dinheiro no bolso e nenhum conhecimento do povoado arredio nos campos de Ituzaingó. A pequena vila funcionava como entreposto dos produtos do nordeste da Argentina e do sul paraguaio. O Rio Paraná, manchado de pequenas ilhas, largo e generoso, fornecia de tudo que o povo necessitava: comida, água, visitantes passageiros e importância política estratégica de ponto avançado de fronteira. O capitão demorou a se acostumar com a arrogância dos paraguaios e a mania dos argentinos de tentar tirar alguma vantagem de qualquer conversa, mas, como das outras vezes em que se viu no lugar errado, teimou em ficar. Para sobreviver com segurança, arranjou trabalho de apontador no *almacén* do pequeno porto. O comerciante o admitiu porque Artêmio sabia ler e escrever, conhecimento raro para quem andava por aquele canto do mundo.

Do outro lado do rio, o Presidente Carlos Antonio López levava adiante o plano de crescimento arquitetado por Francia. O Paraguay crescia rápido. A siderúrgica de Ibicuy, a mais bem equipada, organizada e produtiva indústria do hemisfério Sul, queimava dia e noite. Sua chama aquecia mais o coração dos guaranys do que a fé na cruz da Igreja. O povo não era rico, mas também não se viam contingentes de miseráveis, como Artêmio já notara em Porto Alegre e sabia existir aos magotes em São Paulo e no Rio de Janeiro. O Paraguay, sem dúvida, seria boa vizinhança para quem se interessava em acumular riquezas.

No quarto da hospedaria, mergulhado numa bacia de água quente, o capitão imaginava que a vida queria acender uma luzinha qualquer para que ele entendesse que ela continuava e que Helena e Pedro Ernesto estariam lá no fim quando ele pudesse montar a cavalo de verdade e ver de novo todas as coisas como elas são, e foi misturando as imagens com as aulas na Aldeia dos Anjos, os assados de fundo de galpão, a vida fervilhando no cais de Porto Alegre, lanceiros afogados no Taquari, os rostos retorcidos do senhor Antonio Ernesto e do doutor Amadeu Romano, até que adormeceu na certeza de que necessitava de muita atenção dali em diante, pois a vida, sempre traiçoeira, nunca se sabe, poderia reagir a qualquer momento e apagar a luz.

Estirado à sombra do bolicho do cais, lendo as publicações portenhas que preparavam o espírito do povo para um futuro enfrentamento com as tropas paraguaias, reconheceu o charlado cantado da campanha rio-grandense. Dois homens como ele, com o mesmo aspecto velho e cansado, conversavam sobre a sina dos antigos revolucionários envolvidos em eternas batalhas de libertação que mudavam de estandarte como lagartos mudam de cor. Artêmio entrou na conversa devagar. Os três acabaram no fundo de um barco, sentados ao redor de uma pequena mesa fixa na parede, à altura de uma escotilha, acompanhados de uma garrafa de rum. Um dos gaúchos estendeu um pano sobre a mesa, tirou do bolso um jogo de cartas e começaram a jogar escova. Artêmio se considerava um jogador esperto, mas não percebeu que estava diante de dois sujeitos experientes na arte de iludir. Perdeu mesmo alguns trocados, mas aprendeu em um dia de navegação ancorada o que não conseguiria em um ano de conversa na beira do trapiche de Ituzaingó.

Soube, então, que uma estrela flamejante, um cometa, cruzara os céus do mundo no ano em que o Rio Grande abriu luta contra o Brasil. O homem já reproduzia imagens em papel e não eram desenho ou pintura. Também controlava um novo elemento tão poderoso quanto o fogo e o vento, as descargas elétricas. E havia quem já tivesse visto que o lampião sem óleo iluminava a América do Norte e a Europa com uma luz mais brilhante do que uma caixa de velas. O avanço mais extraordinário, entretanto, era a maquininha de palavras na qual os homens conversavam em qualquer língua a dezenas de léguas um dos outros. "Em qualquer língua", destacaram os gaúchos.

Ao fim das revelações, o capitão tinha aprendido também que na escova é fundamental para o jogador memorizar as cartas que rodam na mesa. E na última rodada é preciso somar os números de suas cartas com as da mesa para saber qual a carta que o adversário tem na mão. A soma tem de ser sempre um número redondo. Se der, por exemplo, 36, o adversário só pode ter um 4. Se der 27, um 3, e assim por diante. Aprendeu que o jogo não depende apenas de sorte ou azar. Depende de conhecimento e estratégia, "como na vida", concluiu ele mesmo. Pagou satisfeito o que perdeu e convidou os dois para um churrasco. Convite aceito, não percebeu mais uma vez que expunha a profundos riscos o destino que procurava traçar e que isso já nem tinha a menor importância porque seu destino não valia mais nada mesmo.

O capitão e seus dois novos amigos, José Antonio Ribeiro e João Oliveira Paim, ficaram muito unidos. Falavam a mesma linguagem, dizia José Antonio, meio gago, mas rápido de raciocínio. José e João negociavam com gado que buscavam em terras dominadas por índios guaranys, mas em seguida começaram a transportar todo tipo de material para a Fundição Ibicuy. Rendia mais. O capitão perdeu de súbito o interesse pelo trabalho no ancoradouro quando seus novos amigos trouxeram a primeira carga de fuzis e munições para entregar ao general Estigbarria, em território paraguaio. Achou melhor voltar para o lombo do cavalo e à vida de campanha, um olho na estrada e outro no inimigo.

O trio de farroupilhas desgarrados formou um piquete e não demorou a estabelecer uma corrente de informações entre o general José Justo Urquiza e o general Estigbarria. El Organizador estava pressionado por Bartolomeo Mitre, então Presidente da República, para ir à guerra contra os paraguaios, mas procurava ganhar tempo num perigoso bailado de duplicidades no qual era mestre. Estigbarria organizava um exército poderoso, "o mais poderoso de toda a América do Sul", dizia orgulhoso e mal-informado. O exército do Brasil era três vezes maior do que o paraguaio, em homens e equipamentos. E os centauros do caudilho argentino, caso tivessem interesse real na questão, poderiam dar cabo sozinhos dos tais *invencibiles*, como os chamava Estigbarria.

Os três veteranos farroupilhas desconheciam o que se passava no Rio Grande, no Uruguay, na Argentina, no Império do

Brasil e muito mais em Londres e Paris, onde se decidia de verdade o destino das terras ao sul do continente latino-americano. A guerra do Paraguay, como ficou conhecida a maior carnificina da história da América do Sul, já estava planificada nos relatórios de relações exteriores das grandes potências e transformada em ordem do dia para militares brasileiros e argentinos. A atuação de três personalidades estrangeiras foi decisiva nas negociações que levaram os guaranys à guerra: o banqueiro brasileiro barão de Mauá, o diplomata argentino Elizalde e o negociador inglês Thornton. Os três, de uma maneira ou de outra, decidiram acabar com o Paraguay. O plano original era simples, traiçoeiro e cruel: os exércitos do Brasil e da Argentina deveriam atacar o governo legal do Uruguay blanco; o Paraguay faria algum movimento para cumprir um antigo acordo de proteção mútua com os uruguaios e, então, os três países unidos, Brasil, Argentina e o Uruguay colorado, estariam autorizados a invadir o território paraguaio sob pretexto de libertar um povo oprimido. Só não previram que o povo oprimido do Paraguay resistiria até a morte ao lado do opressor.

O capitão Artêmio Martins galopava pelas planícies com a cabeça em pé, sua tragédia pessoal parecia bem guardada no fundo do alforje, encoberta pelo chiripá. O tempo corria sob as patas do animal em viagens aos povoados de Corrientes, Santa Fé e Rosário. Gostava de conversar com as pessoas sem desmontar e voltou a reparar nos cambitos das prendas. José Antonio e João Paim incentivavam. Uma vez levaram o capitão a um chineiro. Os dois já conheciam o lugar, na subida do Rio Paraguay para Asunción, a grande capital do continente. Eles sabiam o que acontecera com Artêmio e sua família anos atrás, tinham cuidado em não provocar situações constrangedoras, mas não abriram mão de ver o capitão rodopiando com uma china nos braços no meio do cabaré.

Artêmio confessou que não sabia dançar, quer dizer, nunca mais dançara na vida desde que saíra da fazenda de seus pais, na Porteira da Serra. José Antonio insistiu. Disse que o capitão mentia porque tinha vivido com a melhor e mais bonita mulher do mundo, como podia não ter dançado uma vez sequer com dona Helena? Artêmio retrucou em cima, afinal superava as lembranças de Helena, já podia falar a respeito, o tempo e a distância são implacáveis para a memória de um homem desatinado pela razão. Disse aos dois amigos que jamais tinha dançado qualquer marca com sua mulher, jamais haviam ido a um baile público, como ele poderia abraçar sua mulher e sair requebrando num salão cheio de gente? Como? Aquilo era uma pouca-vergonha. Um homem saracoteando a bunda da mulher para os outros admirarem. Eles, o capitão Artêmio Martins e sua mulher Helena Romano, jamais fariam tal coisa. Ofendeu-se. Os dois amigos pediram desculpas. Ele tinha razão. Era mesmo uma pouca-vergonha.

Chegaram ao cabaré ao entardecer e saíram duas noites depois. E com Artêmio tentando convencer os amigos, sem sucesso, de que levassem com eles aquela jovem mulher de coração tão sofrido que estava a seu lado para o que desse e viesse, mas que José Antonio e João Paim sabiam ser apenas uma bugra safada, enrodilhada no pescoço de um homem desesperado pela solidão.

O Presidente Carlos Antonio morreu e seu filho Francisco Solano assumiu o governo do Paraguay. O pai preferia o filho mais velho, mas Solano soube alinhavar com intrigas, dinheiro e pressões pessoais a mais de meio país e acabou empossado Presidente da República e comandante-em-chefe das Forças Armadas. O Paraguay possuía então uma cavalaria razoável, na opinião dos gaúchos, uma infantaria numerosa que incluía toda a população e meia dúzia de barquinhos da Marinha, mas estes não resistiriam nem aos lanchões de Garibaldi, debochavam os farroupilhas. A Fundição Ibicuy fundia uma tonelada de ferro por hora. O Paraguay, sem dúvida, se preparava para lutar.

Nunca uma guerra foi antecipada com tantas tendências militares e versões oficiais tão bem impressas quanto imprecisas. O trio farroupilha, envolvido em uma teia de informações e contra-informações, decidiu marchar ao lado das tropas de Estigbarria na tentativa de chegar ao Uruguay passando pelo Rio Grande. O general paraguaio dizia ter apoio das tropas de um antigo general farroupilha que continuava tentando sublevar a Província, agora para ser um Estado confederado à República guarany. Alguns diziam tratar-se de David Canabarro, o que cheirava a problema, e outros apontavam o tal general gaúcho como sendo Zeca Neto, o mesmo que não gostava do barulho da pólvora, preferia combater a espada. O inimigo a enfrentar no Rio Grande estava sob as ordens do barão de Jachuy, que não era outro senão o velho coronel Chico Pedro, e o exército do Império do Brasil era comandado pelo agora duque de Caxias. Os dois, Chico e Caxias, tinham ascendido à nobreza imperial em reconhecimento à dedicação em combater a revolução pela independência do Rio Grande. Tudo isso era motivo mais do que suficiente para que Artêmio, José e João decidissem seu lado na guerra.

Os três seguiram Estigbarria na invasão ao Brasil, carregando cada um dois fuzis calibre 20, quatro pistolas, um punhal, uma espada de duas polegadas de lâmina e um gibão de couro curtido atravessado ao peito como escudo de aço. A invasão foi pouco mais que um passeio ostensivo de tropas. Os povoados à beira do Rio Uruguay tinham apenas Corpo de Polícia e só na zona das Missões encontraram as primeiras fortificações militares. Artêmio sabia que se aproximava da região do *nhu-porã*, não queria mais pensar nisso, só queria fazer a guerra, mas contrariou as próprias ordens outra vez, pediu licença aos companheiros para resolver um probleminha particular, e embicou o cavalo no rumo da vingança.

Em apenas um dia farejando entre as Missões e o planalto infestado de alemães, o centauro encontrou a estância do coronel José Justiniano, ou pelo menos o que restava dela: um campo de trigo abandonado, uma dúzia de vacas magras, três ou quatro cavalos e nenhuma pessoa à vista. Atravessou a porteira a trote e apeou na varanda de terra batida diante da porta principal da sede. Entrou na casa com todas as armas que carregava para a guerra, parou no meio da sala e chamou pelo coronel Justiniano. Em poucos instantes apareceu um homem alquebrado, apoiado numa bengala, enrolado num cobertor, com a aparência de um fantasma demente e de olhos invisíveis no fundo de dois buracos negros. O capitão e o coronel ficaram algum tempo se examinando. O capitão nada tinha a dizer, só tinha uma entrega a fazer, mas se anunciou, quase por dever de ofício. O coronel não se abalou, ao contrário, pareceu aliviado, a visita que esperava havia tanto tempo afinal chegara:

— Ah, é o maldito protetor daquele assassino miserável...

Artêmio retrucou em cima:

— Não sou protetor de ninguém, só de minha família e de minha pátria.

O coronel Justiniano mostrou que não estava mais interessado na vida:

— A sua família morreu e a sua pátria é só uma alucinação coletiva.

O capitão dispensava discussões e provocações, perguntou pelo mascarado, o coronel respondeu que ele mesmo havia justiçado o caçador e, então, tentou dar um fim à conversa:

— O senhor veio até aqui para me matar, não é? Pois chegou tarde. Eu já morri há muito tempo. Não há mais nada a fazer.

O coronel arriou numa cadeira que parecia ter sido um trono em outras épocas e esperou pela decisão de Artêmio. O capitão deu meia-volta para sair da casa, mas parou na porta, de costas para o coronel, o velho continuava resmungando. Pensou em voz alta "mas os mortos não falam" e virou de repente e atirou o punhal no meio da figura negra e esquálida. A arma varou a carne fragilizada e fincou no encosto da cadeira. O cabo do punhal ficou alguns instantes balançando, quem prestasse atenção veria as iniciais AM. A entrega estava consumada. O capitão montou e voltou para a guerra, onde pelo menos a morte faz sentido. A vingança é sempre vulgar, inútil, não tem gosto de nada.

Os paraguaios avançaram em território rio-grandense de acordo com os planos. As tropas do general farroupilha não apareciam para dar apoio, mas os paraguaios continuavam avançando. Artêmio os encontrou a um dia de galope forçado, qualquer colono sabia para que lado estavam indo os invasores. O trio farroupilha se recompôs, mas seguiu na retaguarda, por precaução. Temia uma das antigas surpresas de Chico Pedro. E foi o que salvou suas vidas. As tropas de Estigbarria foram cercadas por batalhões de cavalaria e atacadas por um corpo de milhares de homens de infantaria. O ataque foi precedido por grossa carga de artilharia, com canhões de nove polegadas. Os paraguaios nem tiveram a opção de combater, só lhes restava morrer de imediato sob a fuzilaria e as lanças inimigas ou correr pelo campo no caminho de volta. Em instantes, a retaguarda virou frente de retirada. O escudo de couro dos farroupilhas, agora, ficaria melhor às costas. Artêmio e seus dois companheiros cobriram a travessia do Rio Uruguay só para gastar munição, pois era impossível enfrentar exército tão numeroso e bem armado. Chegaram ao Rio Paraná em um dia de galope, sem perseguição, o inimigo ficara do outro lado dando tiros para o ar e gritando desaforos. Centenas de paraguaios foram feitos prisioneiros ou degolados. Os que conseguiram chegar à travessia do Paraná, como o assustado Estigbarria, cruzaram o rio e desapareceram no *chaco*. Logo em seguida, Artêmio, José e João foram obrigados a fazer o mesmo. O general Urquiza, afinal, se decidira a entrar na guerra, e ao lado do mais forte, como sempre.

Os três farroupilhas cruzaram o território de Encarnación a Villarica, o pulmão da nação paraguaia, em dois dias de trote. Viajaram por campos cultivados, bem divididos, com todos os camponeses vivendo nas mesmas condições. José Antonio aproveitou para desenvolver metáforas filosóficas, como ele mesmo insistia em titular complicados devaneios sociais, políticos e econômicos no lombo do cavalo. Disse que os paraguaios tinham uma igualdade entre a população que só era possível nos grandes bandos de criminosos, falou meia hora sobre o sentido da propriedade individual e da produção agrícola coletiva, invocou Rousseau e Napoleão III para afirmar que deveriam lutar até a morte, se muito preciso fosse, claro, para que se criasse, de fato, uma grande nação naquele canto do continente, uma nação que não fosse controlada pelos europeus, uma nação que fosse de seu povo, o caminho era o Paraguay, sem dúvida estavam ali para lutar ao lado do povo. O capitão retrucou, balançando no cavalo cansado, que uma nação que professasse fé no deus romano, católico, não poderia ser uma nação do continente americano. João concordou. E ofereceu um deus, o sol, como o deus necessário à futura nação, seria o deus de um antigo povo indígena, de além do *chaco* e da cordilheira. José perguntou que diferença faria um deus, pois era apenas um recurso desarmado, hipotético, não valia nem como susto na hora do combate. João respondeu que o sol seria um bom deus porque já estava no continente antes da chegada de fenícios, espanhóis e portugueses. Artêmio gostava da conversa, o assunto levaria a nada, um lugar a que costumava ir em momentos de crise pessoal ou de guerra e que conhecia muito bem. José insistiu no tema deus e disse que levaria o caso à consideração do general Estigbarria e só parou de falar quando os dois companheiros atiçaram as montarias e saíram em disparada na mais deslavada intenção de deixá-lo falando sozinho, velha brincadeira farroupilha.

Em pouco tempo o Paraguay se transformou num pátio ensangüentado com quatro saídas. Duas delas vigiadas pelos argentinos, que não atacavam, mas formavam uma barreira intransponível, e as duas outras açoitadas 24 horas por dia pelas forças regulares de Caxias. O trio farroupilha viu o povo empenhado na luta em defesa da terra, todos faziam a guerra, homens, mulheres, velhos, crianças, todos. A idéia de nação poderosa era falsa, uma criação fabulosa da imprensa paraguaia controlada pelo marechal Solano López. A retórica dos discursos políticos estava muito distante da realidade de um povo acostumado à tirania absoluta de Francia e Carlos Antonio. Os paraguaios se entregavam à guerra, para defender a terra, a família, não sabiam o que pretendia o marechal. Uns diziam que ele queria provar à mulher, Alice Linch, ser capaz de construir um Império, como lhe prometera sob as luzes de Paris. Alguns diziam que Solano não tinha outro caminho senão procurar uma saída para o mar, pois do contrário condenaria o Paraguay a ser um eterno entreposto de mercadorias estrangeiras, uma feira livre longe dos portos e que só teria como fregueses índios, padres e foragidos. Na verdade, ninguém sabia por que o marechal arrumara aquela confusão, mas agora já era muito tarde, só *patria libre o muerte*.

Os três passaram longo tempo escoltando malotes de informações de um acampamento a outro. Às vezes, o quartel-general guarany era no armazém de um povoado, os combatentes nem tinham armas e tampouco sabiam que um uniforme é importante na luta, dá moral e impõe respeito. A situação do Paraguay de Solano era pior do que a da Argentina de Rosas anos antes. Rosas levara o país à guerra sem que isso afetasse o mercado da esquina, mas no Paraguay o armazém da esquina era a trincheira de combate.

A guerra demorava a chegar a Asunción, mas todos temiam a lenta aproximação da esquadra brasileira. O almirante Tamandaré navegava devagar, subindo os rios, mas decidido a devastar os povoados por onde passava. Começaram a ouvir histórias sobre prisioneiros esfolados vivos e vilas queimadas inteiras, nem os galinheiros escapavam. As tropas brasileiras se esmeravam em não deixar pedra sobre pedra. Depois de as forças de vanguarda cruzarem vitoriosas, um batalhão vinha atrás para dizimar feridos e sobreviventes e arrasar prédios e plantações. Os gaúchos entenderam que começava um processo de extermínio. A guerra só acabaria depois da morte de todos os paraguaios. A República guarany seria riscada do mapa, era apenas questão de tempo.

Artêmio, José e João resolveram escapar da panela fervendo, mas caíram direto no fogo. Interceptados em campo aberto, foram aprisionados pela vanguarda de caçadores do Quinto Batalhão de Cavalaria do Exército brasileiro sob o comando do general Câmara. Os gaúchos haviam combatido um Câmara na revolução republicana rio-grandense, mas não sabiam que era o mesmo. Só sabiam que aquele tipo de soldado fazia a guerra pelo soldo que durava a vida toda e pela sanha do saque que durava enquanto houvesse inimigos a matar e terras a invadir. Os três foram levados para um quartel-general em Villarica e admitidos à força no exército regular brasileiro como batedores de vanguarda. Câmara decidira por uma punição exemplar àqueles brasileiros que combatiam ao lado do inimigo: voltariam ao campo de luta, mas agora na ponta-de-lança da cavalaria imperial. A chamada Tríplice Aliança, Brasil, Argentina e Uruguay, começava a pôr em prática uma varredura geral no território paraguaio.

Nada vivo escaparia das linhas de guerra que convergiam para Asunción.

As tropas brasileiras passavam como rolo compressor pelos campos paraguaios. A armada desfilava seu poderio insuperável pelos rios Paraguay e Paraná, os brasileiros já ocupavam toda a região do *chaco*, agora marchavam sobre a capital. Artêmio, José e João receberam ordens para não tomar água de rio nem comer comida em casas saqueadas, temia-se envenenamento. Os três se perguntavam por que os paraguaios estariam envenenando a própria terra. Às portas de Asunción, dois meses depois, souberam que os barcos da armada imperial subiam os rios à noite jogando na água cadáveres abatidos em combate, semeavam as nascentes com gente morta, os cadáveres putrefatos contaminavam a água. Assim, brasileiros, argentinos e uruguaios, de comum acordo, pretendiam exterminar o que precisasse de água para sobreviver, ou seja, tudo.

A ocupação estava formalizada. Os três gaúchos circularam pelas ruas largas de uma Asunción deserta, triste, abandonada. Não havia uma pessoa sequer em que pudessem pôr os olhos. A soldadesca brasileira, composta em sua maioria por índios e escravos, tomara a maior capital da América do Sul com o apetite de véspera. A cidade ficou devastada. Casas de comércio, oficinas, fábricas de tecidos, casas de pasto, igrejas, palacetes da burguesia e quartéis inimigos foram saqueados até a última moedinha e o último naco de pão.

Os três entraram num sobrado grande, dois andares, cercado por um muro de pedras coberto de hera. Um bom jardim, pequeno labirinto de arbustos, vasto pátio para a cavalhada e um pomar nos fundos; no térreo da casa, um amplo salão, móveis cobertos por lençóis, como se os donos tivessem acabado de viajar; na sala de jantar, mesa de 12 cadeiras, lustre de ferro com pingentes de cobre, cristaleira com jogos de porcelana e taças de cristal; na cozinha, despensa repleta de carnes defumadas e queijos pendurados no teto; e no andar superior, varanda com sofás e cadeiras de vime, e uma galeria de quartos. Artêmio entrou no de porta dupla, devia ser o do dono da casa. Cama feita, travesseiros perfumados e roupas arrumadas em pilhas e penduradas em cabides. Botas, chapéus, sobretudos, tudo o que um cidadão precisava para viver bem estava ali. Numa mesinha ao lado da cama, um vaso com flores apodrecidas pela falta d'água. Lembrou-se do seu ninho forrado de penas de aves e se abateu de vez com a desgraça alheia.

Reencontrou José e João sentados na varanda. Acomodou-se ao lado e apreciou o pôr-do-sol sobre o Rio Paraguay, a cidade apagada lá embaixo. De vez em quando ouviam tiros e risadas. José Antonio fez então uma pergunta que o capitão ouvira tantas vezes durante a revolução:

— Isto é que é a vitória?

Artêmio repousou os pés na murada da varanda, fechou os olhos e ficou vendo sua família, Helena e Pedro Ernesto abraçados e sorrindo para ele, parecia um lindo dia de sol, os buracos negros na cara do coronel Justiniano, e respondeu a José:

— Sim, isto é que é a vitória.

Ocuparam a casa por quase uma semana, dormindo e comendo escondidos, pernas para o ar, entretidos em leituras intermináveis até que uma patrulha do Exército brasileiro invadiu a propriedade aos gritos e levou os gaúchos para a cadeia improvisada no cais do porto. Artêmio ainda conseguiu sair com dois livros debaixo do braço, o *Sistema do idealismo* e *Astronomie populaire*, José carregou uma perna de presunto e João saiu com as mãos abanando. Na prisão, antes de serem postos para fora por um tenente imperial, o capitão explicou aos companheiros que o livro de *Herr* Schelling falava sobre o eterno movimento dos povos, das nações, da missão humana na terra; e que o livrão sobre astronomia mostrava grandes mapas estelares. José e João não sabiam, por exemplo, que havia mais de 45.300 estrelas sobre suas cabeças e nem imaginavam que eles mesmos, os centauros, estavam representados pela segunda estrela depois da Terra, no caminho para o centro do universo, conforme explicou o capitão. José reconhecia centauros como uns bichos metade homem, metade cavalo, destruídos por um semideus muito poderoso por serem maus e traiçoeiros, e isso não tinha qualquer relação com estrelas. Saíram da cadeia discutindo astronomia, talvez para não ver a barbaridade em volta, mas receberam ordens de se apresentar o mais rápido possível às tropas avançadas sobre o *chaco* boreste. Francisco Solano López estava perdido, o Paraguay de joelhos. Os três sabiam que o pior viria em seguida.

Helena Romano e Pedro Ernesto não ficaram à margem da guerra. As trilhas de Alegrete, Missões Guaranys e Santa Maria se bifurcavam a poucas léguas da porteira da fazendola. Os dois tentaram ganhar algum dinheiro com o movimento das tropas. Venderam rapaduras, farinha e charque para os invasores paraguaios, homens gentis que acreditavam ir logo ali libertar o Uruguay e voltar em seguida para fazer o mesmo com o Rio

Grande. Helena achava graça naqueles guerreiros, sonhando juntos uma impossibilidade maior do que cobrir a luz do sol com uma peneira. Quando os "libertadores" foram varridos pelas tropas de Chico Pedro, ela e o filho tiveram uma pequena mostra da guerra de verdade. Os soldados brasileiros fizeram o trabalho de muitos anos sumir no ar em poucos minutos. Levaram todas as moedas, todas as notas, todos os animais, a despensa ficou vazia, e o moral de mãe e filho desabou outra vez.

Helena piorou muito e teve de ser levada às pressas para a enfermaria das Missões. Pedro Ernesto era apenas um guri com modos de homem e teve de assumir sozinho toda a lida de casa enquanto a mãe padecia entrevada na cama. O sítio sobreviveu, mas Helena recomeçou ali a lenta agonia que duraria ainda muitos anos e só acabaria com a morte. Em duas semanas voltou para casa, mas nunca mais foi a mesma mulher. Começou a sonhar todos os dias que um homem de poncho preto comandava um batalhão de tropas paraguaias e tinha passado defronte a sua porteira e não tinha parado e era ele, o capitão Artêmio Martins.

O povo paraguaio foi abatido sem pedir clemência. Desconhecia os motivos da guerra, vivia em tranqüila prosperidade, cidade e campo tinham relações amistosas, ao contrário de outros lugares da América, onde um era obrigado a ser pobre para que o outro fosse rico. A idéia geral sobre o conflito era de que o marechal não soubera conduzir o país de acordo com os ensinamentos do pai e esbarrara, de alguma maneira, entre a intenção de participar da história e os sonhos isolados de grandeza pessoal. Agora, de nada adiantaria negociar um acordo de paz, o Paraguay via a vitória como única maneira de sair da guerra e lutaria até a morte para manter a liberdade e a independência da nação.

Os homens engrossavam as trincheiras com mulheres, filhos e animais. Desesperados, em fuga, enxotavam até galinhas para cima das tropas brasileiras, estas obcecadas pela idéia do extermínio. Ibicuy foi destroçada duas vezes. A única e inútil resistência vinha das fortalezas ao longo dos dois rios. Estas não sofriam um ataque definitivo porque eram incapazes de impedir a passagem de pequenos vasos de guerra da armada brasileira. O comandante, almirante Tamandaré, parecia entretido num macabro jogo de tiro ao alvo que incluía canhões e gente viva.

A guerra demorava a terminar porque alguns oficiais brasileiros hesitavam. Eles foram ao Paraguay supondo que o inimigo a combater seria o Exército do marechal Solano López, mas depois descobriram que deviam acabar com a população. Esses homens viram com alegria a demissão do duque de Caxias do comando das forças aliadas. Imaginaram que seria o fim da guerra, pois o duque discordava do massacre civil, mas se enganaram. De acordo com a ótica militar da Corte do Rio de Janeiro, o marechal precisava ser destruído completamente mesmo que isso significasse o fim da nação guarany. O conde D'Eu, um oficial de salão casado com a princesa do Império brasileiro, segundo seus comandados, assumiu a chefia das tropas aliadas. E assumiu a cavalo, espada em riste. De imediato, os oficiais fizeram correr entre as tropas várias histórias de coragem e obstinação do novo comandante. Os soldados souberam então que o conde havia sido criado em Paris, nas melhores escolas de letras e esgrima, era superior em cultura, talento e habilidades manuais a qualquer mortal de terras americanas, usava lenços de seda e fazia questão de comandar pelotões de execução.

Caxias mantivera uma mínima moral militar entre as forças de ocupação, punindo assassinos, saqueadores, vândalos, jogadores, beberrões, criminosos de guerra, na certeza de que comandava exércitos em guerra convencional contra outro exército. Mas o conde D'Eu não pensava assim. Em um de seus primeiros atos no comando, o genro do Imperador liberou a soldadesca para qualquer ação em território inimigo, podiam tudo, desde que fosse do suposto interesse do Império. O Paraguay, afinal, começava a ser destroçado como um acampamento inimigo e não uma nação. O marechal ainda resistia pelos campos, mas enquanto agonizava expunha o povo à ferocidade dos invasores. Artêmio, José e João participaram das últimas batalhas e a eles coube lugar privilegiado em um dos mais terríveis massacres da história da humanidade.

Os campos de Acosta-nhu eram ondulados e férteis como os da campanha gaúcha. O capim estava alto porque não havia mais animais no pasto, os soldados brasileiros e argentinos, além de matar as pessoas, comiam tudo que se mexesse sobre a terra. As tropas convergiam para Acosta-nhu porque a ordem do dia apontava um batalhão inimigo acantonado na região. Milhares de soldados tomaram as colinas e cercaram a campina. Artêmio e seus companheiros notaram o movimento inimigo num arvoredo junto à parte mais alta do capinzal. Movimentos lentos, pareciam sem objetivo maior do que se amontoar atrás dos arbustos. Calcularam uns trezentos soldados, no máximo. Sabiam que havia mais de três mil brasileiros e argentinos nas colinas ao redor, entre infantaria e cavalaria. Em toda a região, segundo informes do próprio general Câmara, eram mais de vinte mil homens das tropas da Tríplice Aliança contra 3.500 combatentes paraguaios. José comentou que aquilo tudo estava muito esquisito, os inimigos pareciam anões, pequenos e desorganizados, corriam de um lado para o outro, soldados de verdade é que não eram. Resolveu descer para averiguar e voltou correndo momentos depois. Talvez pela primeira vez na vida, não gaguejou. Gritou olhando para o capitão:

— São meninos! São todos meninos! Não tem adulto lá embaixo. Só tem criança!

Os soldados ficaram indiferentes ao gaúcho esbaforido. José então gritou para que todos ouvissem:

— São *niños!* Guris! Pibes! *Chicos!* Piás! Lá não tem soldado, não!

O comandante respondeu ordenando a fuzilaria. Começou o massacre. José se ajoelhou e enfiou a cara entre as pernas para não ver. Artêmio se abaixou, mas não tirou os olhos do capinzal. Depois dos tiros, a cavalaria cruzou a campina a espadaços. Em seguida, a infantaria atacou em linha. Alguns paraguaios tentaram se entregar, correndo com os braços levantados em direção às trincheiras inimigas, mas os soldados abriram fogo. Artêmio viu os corpos balançando pelos tiros e teve certeza: eram crianças ou pelo menos o que restava do exército paraguaio. Olhou em volta, outros soldados também viram, alguns recuaram, muitos tentaram fugir, mas não deram nem dez passos. Os piquetes de reserva cercavam em arco as tropas de cavalaria e infantaria para impedir deserções, todos eram obrigados a assistir ao massacre.

E todos viram quando um dos guardas do conde D'Eu trouxe a ordem para botar fogo no campina. Os gaúchos imaginaram que os meninos se renderiam e não seriam fuzilados, mas enganaram-se mais uma vez. O fogo tomou conta do capinzal aos poucos, atiçado pelos soldados. Então começaram os gritos. Alguns soldados-crianças tentavam escapar correndo, braços abertos, as roupas em chamas, mas os invasores disparavam seus fuzis, os corpos caíam e crepitavam ao chão. As labaredas no capim seco infernizavam o campo até a copa das árvores, as crianças não entendiam que demônio era aquele que não parava de matá-las a faca, tiro e fogo.

O capitão olhou em volta, não sabia o que fazer. Os gritos das crianças cessaram em seguida, só as chamas tremiam sobre o campo. Os exércitos vencedores começaram a festejar o fim do inimigo. Em cima das colinas, a cavalaria relinchava e empinava de pura faceirice. Os soldados do Império do Brasil e das Repúblicas da Argentina e do Uruguay dançavam ao redor de uma imensa fogueira que acabara de matar centenas de crianças paraguaias.

Agora, nem o futuro existia mais.

Helena Romano, afinal, depois de vários invernos e verões inúteis, resolveu voltar para Porto Alegre, Pedro Ernesto precisava completar os estudos, a vida no campo se tornara muito pesada para mãe e filho. Venderam tudo que tinham e botaram uma carreta na estrada, na trilha de Santa Maria, no rumo do Porto, como se estivessem buscando um outro ponto de partida onde tudo começou.

Helena queria sentir alguma alegria pela mudança. Tentava brincar com Pedro Ernesto, embora não conseguisse se lembrar de nada que valesse a pena, então abraçou o filho como fazia com o pai, repousou a cabeça em seu ombro e tentou ficar em silêncio, pensava que a vida tinha sido dura, cruel, mas não resistiu e voltou a choramingar sofrimentos. Disse que eram bons, generosos, amigos, uma gente que se emocionava ao ver um bicho nascer, um bezerro desmamar, uma gente que amava a chuva, o sol, o vento. Seu pai, dizia ela, conversava com os bugios do mato, os cachorros, cavalos, bois, coelhos, nenhum bicho deixava o capitão sem resposta. Eu sempre gostei de flores, de leitura, piano. Como é que a gente assim acontece uma tragédia tão terrível?

Pedro tinha o mesmo jeito frio do capitão em ver a vida. Falou pouco, mas o suficiente para silenciar Helena até a vila de Santa Maria:

— As coisas da vida da gente, o destino, essas coisas, não acontecem por causa da gente ser bom ou mau, viver assim ou assado, acontecem e pronto. Também não é caso de sorte ou azar. A gente é que faz o próprio caminho, lembra, mãe? E outra coisa, dona Helena. Bom, generoso, amigo, todo povo do Rio Grande é. Acho que é isso, mãe. Acho que o pai queria isso. Queria viver a vida dele, com o povo dele. Como toda esta gente, mãe. Como nós.

A carreta parou rangendo na estação de mudas. Helena comentou com Pedro Ernesto que, se fosse em outros tempos, pulava no lombo de uma égua e deitava o cabelo até a capital. Pedro Ernesto riu e disse que agora ela só sentiria a alegria de deitar o cabelo pela campanha se fosse numa charrete e mesmo assim em dia de minuano. Entraram sorrindo na casa de pasto. Tomaram sopa de galinha e comeram costela de boi assada na brasa, aipim cozido e macarrão. Pedro Ernesto mastigou tomates depois da carne e Helena aceitou um pêssego bem maduro. Em três dias e três noites, flutuavam na barca das Pedras Brancas, diante de Porto Alegre.

O capitão observou o vale por mais de uma hora antes de começar a descida. As casas, todas grandes, não tinham cercas nem trilhas entre elas. Notava algum movimento de gente, mas não identificava um centro, um ponto convergente. Sem campanários nem torres nem potreiros nem bandeiras. Começou a descer quando se convenceu de que o centro do lugar era todo o conjunto de pontos separados uns dos outros por uma distância mais ou menos igual. O centro do fim do mundo, a fronteira norte do país imaginário.

Parou à sombra de uns pinheiros, onde calculou ser o meio

do vale. Parou e não apeou. Esperou montado, velha mania farroupilha. Esperou mais de uma hora, firme no lombo do potro. Chegara até ali perseguindo fiapos de conversas dos índios por muito tempo. Eles diziam haver um lugar sem dono e sem nome, onde homens poderosos se refugiavam das guerras. No mapa do mundo, estava em algum lugar que tanto podia ser o nordeste da Argentina como o oeste da província de Santa Catarina. O capitão considerava-se um homem morto, sem ter para onde ir, viajava por nada. Primeiro, apareceram os cachorros, rosnaram e arrodearam até que surgiu um homem. Um homem alegre, bem-disposto e falante.

O capitão continuou montado, ouvindo as mentiras do sujeito sobre o lugar sem nome. Ali viviam dezenas de famílias espalhadas pelos morros. Vieram de vários mundos, sempre fugindo dos horrores da colonização. Havia aristocratas da Corte, estancieiros de gado do Rio Grande e da Argentina, artistas, historiadores, comerciantes, todos donos dos mais variados conhecimentos e excentricidades. E todos ricos. Nada de produção rural, criações, mineração comercial ou qualquer atividade que criasse relações com outras comunidades. Os únicos vizinhos eram índios, mas sequer sabiam o nome da tribo. Não entendiam a língua dos nativos nem queriam entender. Os índios também não entendiam o que os brancos diziam, pois havia espanhóis, portugueses e italianos. O capitão se lembrou de Luiggi Rossetti quando o homem resumiu numa frase exata a questão da língua para aquela gente vinda de tantos lugares diferentes:

— *Hablamos tutti igual.*

O homem, afinal, fez silêncio, mirando o capitão de alto a

baixo. Depois disse, para encerrar o assunto, que o forasteiro era bem-vindo e podia se arranjar por ali desde que respeitasse os limites naturais dos terrenos de cada um e se prontificasse a dar plantões na ponte pênsil sobre o rio. Dentro de três dias haveria reunião do mês e, então, poderia ser apresentado aos outros moradores, caso assim preferisse e tivesse nome e ofício na vida. O capitão resolveu dizer quem era. Disse. E garantiu ter posses para sobreviver por longo tempo, talvez até a morte chegar, só necessitava comprar material e mantimentos para ajeitar tudo bem direitinho. O homem sorriu, deu as costas e desapareceu no matagal, seguido pelos cachorros, nenhum deles olhou para trás. O capitão não entendeu por que havia contado sua vida ao estranho, mas enfim apeou. Esticou debaixo de uma timbaúva, o corpo moído de cavalgada tão longa. Afinal, chegara a algum lugar. Adormeceu pensando na utopia comunitária anarquista daquele fim de mundo, nos animais da floresta, e na tragédia que levara sua mulher e seu filho.

Helena e Pedro Ernesto desembarcaram no trapiche da alfândega como anos atrás, mas desta vez não havia ninguém para recebê-los. Ficaram longo tempo em silêncio, boca aberta, deslumbrados com o lufa-lufa da cidade grande. Seguiram pela rua Nova até o campo da Fonte. Deixaram o carroção bem guardado num potreiro e saíram em um coche alugado para rever Porto Alegre em detalhes e procurar onde morar. Duas semanas depois, instalaram-se em definitivo num sobrado, na travessa do Carmo, parte baixa da cidade. Pedro Ernesto logo se matriculou na escola de Antonio Paraíso Mariano, velho conhecido da família Romano e antigo admirador da beleza de Helena. Mariano chegava ao fim da vida, mas soube muito bem conduzir o neto do doutor Romano no tiroteio invisível pela sobrevivência numa capital provinciana em tempo de colonização.

Helena gastou a metade dos caraminguás que trazia na bolsa a título de economias para comprar uma nova e revolucionária máquina que podia garantir o sustento de uma grande família. A máquina, montada em ferro e madeira, se movia a pedal e ajudava uma pessoa a costurar uma roupa completa, com debruns e bainhas, em menos de um dia. Helena só precisava pedalar uma sapata de metal presa por uma correia a um eixo de ferro que fazia subir e descer um pino com uma agulha na ponta. Ela passava o pano por baixo do pino com uma mão e com a outra arrematava os nós da costura no sobe e desce da agulha. Em um mês, segundo Pedro Ernesto, Helena produzia como uma usina.

Os dois não tinham tempo de resmungar o passado. Pedro Ernesto, ao contrário do espírito arredio do pai, fez diversas amizades e se dividia entre salas de aulas, cafés da rua da Graça, saraus no Alto da Bronze, o mezanino festivo do São Pedro e as tardes de longas caminhadas no parque da várzea, o lugar de onde os farroupilhas costumavam tempos atrás atemorizar os porto-alegrenses bem-nascidos. Tinha amigos e namoradas, nem se lembrava da dor de cabeça. Dona Helena também conheceu muitas pessoas com o novo ofício. Costurava vestidos com babados e plissês para as moças da sociedade rodopiarem na bailante, só rejeitava encomendas de vestido de noiva, não se sentia bem em contribuir para cerimônias inócuas. Recebia visitas todas as tardes, mas nunca aceitou convites para festas ou mesmo reuniões de chá, só saía de casa para caminhar pela rua da Margem, o Caminho de Belas, e dava meia-volta em frente ao solar da baronesa do Gravataí. Pedro Ernesto inventava festas, passeios, viagens, mas nada atraía Helena além do trabalho. Um dia, Pedro se irritou com as negativas da mãe e a chamou de velha eremita antes de bater a porta e sair para a rua. Helena ainda disse que não era questão de querer, ela não podia, não devia sair, mas o rapaz não ouviu. Completou baixinho, para si mesma:

— Seu pai pode chegar a qualquer momento.

Aos poucos, Artêmio conheceu todos os moradores do vale do fim do mundo. Escolheu o alto de um morrete na encosta da serra para erguer a casa. A chuva e o frio do inverno interromperam o trabalho, ele precisou se abrigar num galpão junto à casa do homem que falava todas as línguas ao mesmo tempo. Os dois conversaram muito sob o calor da lareira. O capitão nunca ouvira uma pessoa mentir tanto. Aliviou-se com a chegada da primavera. Recomeçou a construir e descobriu as vantagens de um porão úmido, capaz de conservar alimentos, sejam cozidos ou crus. Também aprendeu a maneira correta de se cruzar quatro paus a uma pilastra e levantar uma boa cumeeira para escorrer a água da chuva. Ergueu três paredes, sem divisórias, a quarta era a varanda descortinada para o vale, à sombra do arvoredo. Construiu os móveis necessários, mesa, cadeira, prateleira e cama, com pedaços de paus recolhidos nos matos e madeiras aplainadas cedidas pelos vizinhos. Varou o verão trabalhando.

O trabalho na ponte era o único ponto obscuro para Artêmio. Abordava o assunto sempre que podia, em caráter oficial e prioritário, mas ninguém dava importância. Todos consideravam a vigia da ponte pênsil o único compromisso comunitário relevante. O guarda significava o elo com um sistema administrativo de governo ou com uma submissão à veneração evangélica. O guarda vigiava o trecho mais estreito do rio, do outro lado, uma pequena praia onde as crianças brincavam. Havia um remoto perigo de aparecerem índios, mas nunca acontecera. O guarda velava pela ponte. Só. Como uma referência a um ídolo, a um deus, à consagração de uma improvável fé religiosa, nada representava de concreto além da própria insignificância, e por isso era visto como um governante, um líder, um general, um presidente de República, um papa, um rei, cujo único poder e dever era gritar em caso de perigo. Artêmio considerava o trabalho na ponte um ato de fanatismo absurdo, desnecessário e ridículo. E dormia em seus turnos de plantão.

O capitão teve apenas um momento de indisposição no lugar que arranjou para viver. E por culpa de uma antiga mania de não calar a boca na hora certa e de prometer sempre o insuperável, numa luta inconsciente para agradar aos outros, um jeito de ser que podia ser classificado mais simplesmente como puro exibicionismo. As reuniões mensais eram animadas com todo tipo de diversões, desde estroinices culinárias como leitões assados em salmoura de laranja e limão, até as competições artísticas e esportivas, uma espécie de grêmio filosófico onde se disputava de várias maneiras quem sabia mais que o outro sobre qualquer tema. O capitão Artêmio Martins, num momento de não rara pretensão, propôs escrever uma peça teatral sobre a saga de uma família gaúcha, em nascimento, apogeu e morte, a ser encenada pelas pessoas da comunidade dentro de seis reuniões.

O grupo sentado à mesa na beira do rio fez um breve silêncio, todos olhando o capitão. Sentiu-se um idiota. Por que fizera tal proposta? Aqueles homens discutiam as diferenças das dimensões humanas e divinas, alguns debatiam com naturalidade a função política e social da arte, e havia pelo menos um, o professor e historiador Manuel Basílio Brandão, que discorria com facilidade sobre o conceptismo, tendência literária que adorava o lúgubre em meio às mais legítimas tradições cristãs. Qual a peça, na verdade, que ele poderia escrever para essa gente? E em um mês e meio. E com enredo, diálogo e música. Mas todos ouviram muito bem a proposta voluntária. Dom Paredas, o médico do lugar, se ergueu, enfiou as mãos no poncho, bateu os bolsos nas pernas e uma nuvem de pó branco cobriu seus pés, como se fosse fumaça e ele estivesse pegando fogo por debaixo das roupas, uma brincadeira à qual todos estavam acostumados, depois encarou o capitão, sorriu e começou a aplaudir. Depois o professor, as senhoras, todos. Primeiro aplaudiram devagar, depois com mais entusiasmo, até se colocarem de pé entre gritos e assobios que envergonharam de vez o capitão.

Artêmio Martins, sujeito velho e teimoso, se via diante de uma situação alarmante. Não possuía condições técnicas, como sequer avaliou, de criar uma peça com história, personagens e tudo o mais em menos de um ano, e isso se fosse com uma pistola apontada para o coração. Era apenas um capitão-tipógrafo, divisa e conhecimento adquiridos na marra. Mas não podia recuar. O povo do lugar acreditava na realidade forjada em conjunto. Nada os unia, a não ser o medo da guerra, as reuniões mensais e o guarda da ponte. Quem falhasse num ou noutro não seria digno do lugar, pelo menos ele pensava assim. Sua vida até então fora pouco mais que tropeções entre felicidades passageiras e tragédias definitivas. Não podia recuar.

O plantão na ponte deu a primeira idéia. Confusa, simbólica, nem espiritual nem materialista, o nada. Daí elaborou a segunda idéia: o nada de novo. Ainda incluía o guarda da ponte. Desistiu. Sentou para reler o que já havia escrito sobre Helena e uma dúzia de comunicados que carregava pela vida sem saber por quê. Então, teve a idéia da peça, prontinha, de uma vez só. *A lenda da mulher mais bonita do mundo.* Começava com a mulher mais bonita do mundo passeando por um bosque. Plantas, árvores, riachos, pedras, musgos, coelhos, passarinhos e até o céu ficavam mais bonitos se por acaso ela os olhasse. Em seguida aparecia um touro enorme, animal gigantesco, de chifres maiores que um arado. O touro atacava a mulher mais bonita do mundo e ela caía pedindo ajuda. O touro investia mais algumas vezes, depois ia embora, acreditando que ela estivesse morta, mas a mulher mais bonita do mundo ainda agonizava no meio do bosque, muito ferida. Nada aparecia para ajudá-la, nem uma flor nem uma onça nem um raio nem o rio nem o sol, nada. Ela afinal morreu e seu corpo desapareceu. Desde então todas as coisas sobre a terra só eram belas e brilhantes quando a mulher mais bonita do mundo voltava em noites de lua cheia e banhava seus ferimentos no riacho, assim a natureza resplandecia por instantes. Escreveu tudo de uma vez e dedicou-se em seguida a ajeitar todos os detalhes para a apresentação. Ansioso, angustiado, não via a hora de rever a mulher mais bonita do mundo.

Talvez aquela tenha sido uma das reuniões mais animadas do vale do lugar sem nome. O senhor Nado Righetto, antigo *spalla* da orquestra da Casa de Óperas de Milano, apareceu com o instrumento carregado por um criado. Cumprimentou a todos com acenos de cabeça e depois sacou o violino da caixa preta forrada de feltro vermelho. Outros músicos se acomodaram à frente do coreto. Um bumbo com par de pratos, um gongo, dois violinos e o *spalla*, um fagote, uma tuba e dois alaúdes. O maestro Righetto explicou que estudara em profundidade as intenções românticas, líricas, obscuras e absolutas da lenda da mulher mais bonita do mundo e, então, modestamente reunira alguns gêneros numa mesma peça, como tímido aprendiz do mestre Wolfgang. E criara também alguns novos andamentos para o último concerto que regera na Itália antes de deixar o país por causa dos radicalismos de Mazzini. Tocaria *A sonâmbula*, ópera moderna de Bellini e Romani, tentando emprestar emoção musical à tragédia mitológica do senhor Artêmio Martins. A platéia aplaudiu. O maestro passou a distribuir partituras entre os músicos e a orientar a afinação dos instrumentos. Os preparativos finais duraram quase uma hora, a colocação dos cenários foi mais fácil e rápida do que corrigir o nó distorcido do fagote teimoso. O cenário era simples: dois arbustos, um em cada canto, duas árvores e tábuas e paus cobertos por um lençol azul para imitar um rio. Animais vivos, pássaros, marrecos, galinhas e cachorros, amarrados pelas patas e espalhados pelo palco. Nas paredes laterais, lampiões imitando quatro sóis, o que nada tinha a ver com a história, mas o capitão gostou da arrumação. Esperou com paciência. Os jovens foram os primeiros a exigir o início do espetáculo. O maestro disse que estava pronto. Juliana, filha do professor Brandão, faria a mulher mais bonita do mundo e também já estava pronta. Afinal, chegou dom Paredas, o touro. Dirigiu-se à platéia e repetiu o ritual de fazer surgir uma nuvenzinha branca a seus pés. Foi aplaudido, agradeceu e desapareceu atrás do cenário. Silêncio. De repente, todos os instrumentos vibraram um acorde estridente. Começava a primeira e única peça do capitão Artêmio Martins, em homenagem à sua família e em protesto pela impotência da natureza em defender o homem do próprio homem, conforme explicou várias vezes sob o calor da fogueira até o sereno obrigar todos a se recolher antes da alvorada.

Helena se transformou por algum tempo no tema preferido das reuniões mensais. O capitão muito teve de ouvir sobre o amor, desígnios do destino, elevações do divino e a naturalidade cruel do humanismo. Sentia-se velho, contava os dentes, mal enxergava, a bunda tinha murchado. Culpava por isso a mania de ser centauro. O homem ficava sem a bunda, a bunda era do cavalo. Quando andava sozinho, sem o animal debaixo das pernas, desequilibrava-se, as costas curvavam para a frente, sentia que até o nariz aumentava de tamanho. Agora, Helena vivia na lua, no rio, na cara assustada da perdiz, num peixinho listrado, num rugido da madrugada, era da natureza, era a natureza, como um espírito que levava beleza e bondade ao povo de sua terra imaginária. Resolveu que escreveria quantas histórias pudesse inventar, seria este o seu mapa. Mas perdeu anos de vida descansando no fim do mundo e também a última oportunidade de reencontrar seu destino.

Helena parou com as costuras e passava dias inteiros lendo romances franceses numa cadeira preguiçosa. O pêndulo do relógio de parede marcava o compasso da solidão. A vida na cidade trouxera prosperidade e desavença para os Romano Martins. Pedro Ernesto ficava dias fora de casa, negociando couro curtido pelos alemães de São Leopoldo para os estrangeiros do porto. Ganhava muito dinheiro e queria levar a mãe para tratamento médico no Rio de Janeiro. Helena não aceitava, dizia que ele queria apenas se livrar dela. E acusava o filho de se envolver com os alemães, "esta gente que faz lingüiça de carne humana". De fato, nesta época, toda Porto Alegre comentava que havia existido um açougue macabro nos fundos do Palácio do Governo, onde um alemão embutia restos humanos em tripas para vender.

Mãe e filho brigavam todo o pouco tempo que tinham para ficar juntos, no café da manhã ou no jantar. Os espasmos respiratórios transformaram Helena em presa fácil para os mercadores da medicina. Passava mais tempo na enfermaria da rua do Cotovelo do que em casa. Sofria com a solidão do fim da vida. Na cozinha, sozinha e em paz, cortava pedaços de pêssego em quadradinhos, como o capitão gostava, e mexia com água e açúcar numa panela de barro até que toda a travessa do Carmo suspirava o perfume do doce da senhora sonhadora, como dizia o povo.

Pedro Ernesto chegou num fim de tarde contente como dona Helena não via havia muito tempo. Conhecera um senhor muito distinto, o doutor Ricardo Ponteverde, médico de renome nacional, com diversas obras publicadas em livros, jornais, revistas e almanaques. Ele conhecia o capitão Artêmio Martins. Haviam estudado e morado juntos no mesmo internato, na Aldeia dos Anjos. O doutor Ricardo informara sobre a fazenda Porteira da Serra. Eles tinham parente vivo, o irmão do capitão, Ernesto da Veiga Martins. A fazenda fora destruída durante a revolução republicana, os donos mortos, mas o irmão mais velho escapara porque tinha saído para pescar justo no dia do ataque.

Helena ficou intrigada. Pelo que sabia, segundo Artêmio, todos da família morreram na revolução e não havia mais fazenda. Pedro Ernesto, ao contrário, muito animado, queria ir para Santo Antonio da Patrulha procurar o tio. Helena argumentou que necessitavam recolher mais informações. Discutiram outra vez. Helena queria o filho junto dela, agora que chegava ao fim. Viu Pedro sair para a rua e ficou disfarçando a dor, recostada na preguiçosa. Sentia uma pontada no peito quando respirava fundo.

O capitão passou a tarde conversando com o doutor dom Paredas, o maestro Righetto e o professor Brandão, debaixo de um caramanchão de maracujá, no jardim da casa da viúva Quiroga. Sentia uma alegria diferente. Não lhe interessava o combate crítico e sistemático como meio válido de alcançar qualquer objetividade naturalista que o doutor Brandão defendia entre baforadas de charuto nos cabelos da viúva. Dom Paredas e o maestro discutiam as últimas maravilhas da civilização que o carroceiro da primavera trouxera de Curitibanos. O capitão Artêmio Martins, de verdade mesmo, só olhava as flores ao cair da tarde, à espera da passagem da moça Juliana, vinda do banho na cachoeira da serra. Queria vê-la passar no campo florido. Só. Depois iria dormir. Chegava a hora de fazer algo, mas ainda não sabia o quê.

A questão no lugar sem nome continuava a mesma. De que adiantava a eles, além da segurança, plantar algumas casinholas num vale inalcançável se o mundo evoluía lá fora a mais de cem graus? Dom Paredas desfiou uma longa lista de benefícios que a comunidade perdia em ficar longe da civilização. O homem já podia ser curado de uma enfermidade no pé com uma injeção no braço. Já podia cavalgar uma carroça de ferro a vapor. Podia dar seis tiros sem recarregar a pistola e quinze sem armar o fuzil. O homem já podia quase tudo que se imaginasse. O capitão se entediou com a conversa sobre progresso, só se interessava de verdade pelo que pudesse fazer medo, trem e fuzil de repetição ele já conhecia do Paraguay. Juliana demorava a voltar do banho, então, disse que sentia dores de cabeça e foi contemplar o vale de sua varanda, estirado com uma cuia de mate na mão, silêncio total, nem os bichos tinham direito a fazer barulho.

Escreveu três histórias sobre a mitologia gaudéria. Três contos curtos com personagens fantásticos como centauros, sereias, duendes, bruxos e dragões invisíveis. Gostou das três páginas escritas com letra miúda e parelha, embora a vista cansada não permitisse a leitura sem lentes de aumento. Perdera por completo o interesse pelo vale à sua frente e vivia inquieto, o pensamento outra vez voltado para o *nhu-porã*, Helena, Pedro Ernesto e a fazenda Porteira da Serra, o fecho de tudo. Sabia que a flor da vida não demoraria em cerrar as pétalas, então, resolveu partir para movimentar o último triste capítulo de sua história.

Deixou o vale seguindo o curso do rio, em território argentino. Não olhou para trás. Dom Paredas, Righetto, Brandão, a viúva, todos ficaram abanando da varanda de sua casa, agora lugar fixo para as reuniões mensais. A casa do capitão seria, afinal, o ponto central do lugar que não demoraria a ser batizado. Cavalgou dias e noites evitando povoados. Entrou no Rio Grande por Paso de Los Libres e tanto os carabineiros argentinos como os guardas brasileiros nem o olharam. Trotou pela campanha com a coluna reta na sela, não carregava sentimentos nem carências nem ambições. Só tinha um campo a cavalgar.

Helena Romano sentiu a dor mais forte de sua lenta agonia quando estava ao pé do fogão mexendo um doce de leite. Teve de sentar para não desabar no chão da cozinha. Estava sozinha em casa. A dor piorava se respirasse fundo, ao mesmo tempo que aumentava a falta de ar. Queria gritar por socorro e não tinha forças. Jogou a colher de pau na janela para chamar atenção da vizinhança, mas ela bateu no vidro e voltou, caindo a seus pés. Tentou erguer-se e quase desmaiou de dor. Recostou na cadeira e, enfim, resignou-se a esperar a morte olhando para a parede, um risco sinuoso de formiguinhas ligava a prateleira ao teto, como uma rachadura no reboco. Lembrou-se das histórias que o capitão Artêmio Martins contava quando voltava de alguma guerra, acalmou-se, a dor diminuiu, diminuiu e depois desapareceu. Helena Romano, então, sorriu e fechou os olhos.

Pedro Ernesto entrou em casa entoando uma ária de *La serva patrona*, uma ópera bufa, gênero preferido dos jovens aristocratas porto-alegrenses. Encheu o peito de ar para solfejar mama quando sentiu um frio diferente dentro de casa. Um ar gelado. Era verão, como podia fazer frio dentro de uma casa de alvenaria em Porto Alegre? Foi seu último raciocínio bem-humorado em muitos e muitos anos. Chamou pela mãe bem baixinho, como se não quisesse acordá-la. Em seguida, um pouco mais alto, nada. Olhou no quarto, nada. Atravessou o corredor em silêncio até a sala de jantar, nada. Cada vez mais frio. Chegou na soleira da porta da cozinha e viu a mãe ao lado do fogão, sentada com a cabeça caída para o lado, como se estivesse dormindo, as mãos cruzadas sobre o ventre. Pedro sorriu e disse mãezinha, com todo carinho que um filho agradecido pode ter por uma mãe tão meiga, tão doce, tão amiga. Entrou na cozinha devagar e repetiu mãezinha. Reparou então que o peito de Helena não se movia, ela não respirava. Ajoelhou-se a seu lado, pegou as mãos frias e olhou para o rosto bonito, de olhos fechados, sereno, pálido. Disse de novo mãezinha, fala comigo, acorda mãezinha. Passou a mão no rosto de Helena e sentiu a pele gelada. Baixou a cabeça e começou a chorar. Sua mãe nunca mais suspiraria por ele. Helena Romano nunca mais sorriria olhando a ventania à espera do capitão. A mulher mais bonita do mundo estava morta.

Um relâmpago repentino empinou o cavalo do capitão Artêmio Martins. O ar ficou prateado por uns segundos, depois veio o trovão. Artêmio conteve o animal, olhou para a frente e viu a chuva chegando, lavando o mundo. Apeou, cobriu a cabeça do cavalo e o puxou para debaixo de uma árvore. Em instantes, desabou o maior temporal que o capitão já havia visto na campanha. Verão, por que chuva fria como geada de inverno? Recolheu pingos d'água com as mãos em concha e jogou no rosto. Sentiu-se revigorado, mas com uma súbita e estranha vontade de chorar. Tirou a roupa aos puxões e saiu pelo campo, tomando banho de chuva, braços abertos mirando o céu. De longe, parecia um velho louco. De perto, só um homem desesperado.

Achava graça em sua voluntariedade. Até pensou em escrever uma comédia com os bichos do mato trocando de hábitos uns com os outros, uma boa idéia, mas diluiu na chuva, o capitão logo esqueceu. Entrou em Alegrete com o chapéu enterrado até os olhos e um cigarrão de palha no canto da boca, cara enfezada. Imaginava que assim ninguém o reconheceria, mas talvez ninguém o reconhecesse mesmo se dissesse o nome e contasse sua história. Passou pelo coração da nação imaginária a trote forçado e em três dias viu os morros, os prédios altos, os armazéns do porto, o campanário da catedral e milhares de pontinhos brancos, as casas da capital rio-grandense.

Pedro Ernesto não queria escutar, mas não podia deixar de ouvir a voz de pato rouco do assistente médico, encarregado do setor de embalsamento do necrotério do Hospital do Oitavo de Cavalaria, louvar os benefícios do formol e antecipar as conquistas do bórico e do silício. O corpo de Helena estava mumificado de bandagens, pronto para ser levado num caixote de alumínio até o Passo do Rosário. A viagem era desejo da mãe, mas que ele sabia ser um desgaste inútil. Pedro viu a carruagem encostar no portão, a voz do assistente não parava, repleta de felicidade inoportuna e agressiva. Colocou a mão no ombro do pequeno falastrão e fez um discurso rápido e emocionado:

— Aquela senhora que está ali, esticada, está morta. É preciso ter muito respeito. Muito. Ela foi a mulher mais bonita do mundo. A mais bonita e também a mais meiga e generosa. Ela foi a companheira de um homem que lutou em todas as guerras desta terra de merda. O senhor sabe por que os dois se separaram? Não? Pois ninguém sabe. Agora que ela está morta, talvez ele volte. Como uma maldição. O povo daqui só vai ter direito à felicidade quando este país não for só imaginação. É isso. O senhor entendeu? É preciso muito respeito. Agora, o senhor vai fazer o resto do seu serviço em silêncio e eu vou viver o resto da minha vida em silêncio. O senhor não consegue ver, mas a República Rio-Grandense está chorando. Como eu.

O capitão foi obrigado a pegar a balsa para o Caminho de Belas porque não transportavam mais cavalos, de maneira alguma, para o trapiche da alfândega. Artêmio não acreditava que no futuro o homem dispensaria o cavalo, como diziam lá no Vale das Palmas. Sem querer, discutindo com o balseiro, batizava o lugar sem nome em que vivera como num sonho por mais de dez longos anos. Disse baixinho para um marinheiro recostado na murada da proa que os homens criariam nações de preguiçosos, as coisas não andariam normalmente no futuro sem um cavalo para puxá-las. O marujo continuou quieto, sério, fez que não era com ele. O capitão percebeu, afinal, que só um pobre velho caduco falaria de cavalos para um marinheiro.

Chovia fino sobre o Guaíba e o perfil da cidade parecia pincelado de preto em tela cinza, alguns espaços em branco. Desceu da barca puxando o cavalo pelas rédeas, sem pressa, nem sabia ao certo para onde ir. Caminhou pelo cais de tábuas examinando tudo com divertida curiosidade. Uma carruagem preta, baixa e comprida, chamou sua atenção. Na boléia, ao lado do cocheiro um homem mantinha o chapéu enfiado até os olhos e a gola do casaco levantada. O capitão sorriu, depois ficou envergonhado. Levavam alguém para ser enterrado na campanha, podia ser alguém que amasse tanto a querência que não admitia o sepultamento na cidade. O rapaz na carruagem devia estar sofrendo, por isso escondia o rosto. O capitão jamais acreditou em presságios e nem em sinais que não fossem de fogo ou bandeira, mas sentiu uma profunda sensação de tristeza, de dor pura e inexplicável.

Pedro Ernesto atravessou a ponte de pedras com o olho espichado para o meio do Guaíba, lá de onde vinha a barca das Pedras Brancas. Chegariam ao cais justo na hora de atracar, não perderiam tempo expostos aos passantes. O assistente médico garantira o embalsamento por uma semana, mas Pedro queria sepultar a mãe o mais rápido possível. A carruagem, puxada por uma parelha de potrancas, levaria os dois até Rosário. Nada tinha a conversar com o cocheiro, sentia a alma encharcada de lágrimas, não o incomodava nem a chuva fina. Enfiou o chapéu na cabeça e levantou a gola do casaco quando passaram diante das pessoas que desciam da balsa. Suava debaixo da chuva, a carruagem seguia a fila. Notou que apenas um homem, um velhote, parou e tirou o chapéu ao vê-los passar. Pensou que devia ser mais um gaúcho triste como ele.

O capitão ainda ficou um bom tempo no cais, esperando a balsa flutuar na correnteza de volta ao outro lado do Guaíba. Depois, montou bem a jeito, com o discreto e prestativo auxílio de um banco da estação, e saiu a passo em direção à ponte de pedras. Logo notou que a cidade crescera depressa. De onde vinha tanta gente? Andou de boca aberta bem devagar, como se estivesse num outro mundo. Amarrou o cavalo na praça do Comércio, no centro do porto, e saiu em busca de um lugar para tomar café e trocar conversa. O bolicho de muitos anos antes não existia mais, agora era um prédio novo, pintado, cheio de vidros, mesas e cadeiras, e precedido por uma calçada de pedras coloridas. O capitão pediu um café e um charuto e perguntou de onde vinha tanta gente. O rapaz vestido com um avental branco e um casquetinho de marinheiro na cabeça sorriu, serviu o café, entregou o charuto e não respondeu. Quando voltou para cobrar a conta, o capitão o encarou sério, pediu mais café e tornou a perguntar de onde vinha tanta gente. O rapaz se assustou e disse que não sabia, devia ser de muitos lugares, todo dia Porto Alegre amanhecia maior. O capitão saiu sem pagar, por pura falta de hábito, e deixou o café esfriando em cima do balcão. Desamarrou o matungo e saiu em busca de um lugar para morar.

Não precisou de muito tempo para entender que a vida na cidade era cada vez mais diferente do campo. O dinheiro comanda quase todas as ligações pessoais e os homens vivem uma angústia diária em busca de conquistas que assegurem a permanência junto à civilização. Em algumas semanas tentando sobreviver como um sujeito normal e decente, foi ludibriado várias vezes, ficou sem um tostão no bolso e perdeu para sempre o respeito pelas relações humanas. Escondeu-se em algum ponto entre os vigaristas que infestavam o porto e os cidadãos que organizavam o Estado, sem ter com quem conversar de fato, e acabou isolado, vegetando enquanto a vida efervescia à sua volta.

O máximo que conseguiu foi estabelecer contato na Typographia Dubreuill e ajeitar-se por muito tempo nos fundos de uma estalagem na zona portuária. A oficina demorava-se a imprimir *A lenda da mulher mais bonita do mundo* sob alegação de que não havia material excedente, pois o capitão não podia pagar pelo serviço. À espera da impressão que jamais viria, gastou o que restava de sua vista cansada para escrever o *Livro de Helena*, uma mistura de lembranças e exaltações à mulher amada com fantasias delirantes que o perturbavam no tempo em que vivia foragido no mato. Nesta época, as dores nas costas vieram para ficar, só aliviavam quando ele deitava horas a fio no chão do quartinho. Desprezava os funcionários da estalagem e recusava-se a ver um médico. Indicaram-lhe uma casa de repouso na zona dos Moinhos e, então, deixou o lugar esticado numa maca e reclamando dos maus-tratos e da comida e da falta de educação dos empregados. Todos agradeceram a Deus quando a carruagem dobrou a rua do potreiro e sumiu.

O capitão morou por muito tempo na casa de repouso até ser convidado a se retirar por falta de pagamento. Mal podia andar, nada possuía. Os livros eram um sonho, jamais voltou à oficina. Não tinha força física nem moral para procurar os antigos amigos. Os anos passavam na janela enquanto ele apodrecia lentamente. Uma noite, depois de jantar uma canja rala e disfarçar para si mesmo uma rápida descarga de lembranças indescritíveis, chamou o dono da hospedaria para uma conversa. O homem era negociante esperto, com muitos anos de experiência em balcão de comércio, na lida diária com o povo. O capitão foi sincero, objetivo e mentiroso, como bem havia aprendido em sua prolongada estada na cidade grande. Disse que acabara de vencer o prazo para voltar à sua casa, a fazenda Porteira da Serra, em Santo Antonio da Patrulha, onde tomaria posse de uma fortuna incalculável. A história era tão inverossímil quanto a cara do capitão, mas o incalculável fisgou o comerciante. Em mais cinco minutos de descrição minuciosa da propriedade, conseguiu emprestado algum dinheiro, charrete, cavalo e cavalariço ajudante. Quando tomasse posse, devolveria tudo. O comerciante gostava do vocabulário do velho desmemoriado e aprontou tudo a capricho para que fizesse uma boa viagem. Afinal, na pior das hipóteses, livrava-se de um hóspede caloteiro.

A charrete parou diante da estação de mudas da Aldeia dos Anjos quando os sinos da igreja repicavam a hora do ângelus. O capitão se sentia bem-disposto, mas não pretendia seguir viagem. Dormiu na boléia da charrete, o cavalariço se ajeitou na estrebaria.

De manhã, cara lavada, recostou no balcão do bolicho, pediu um café forte com lingüiça frita e notou um calendário pregado na parede. Os calendários, como os mapas, atraíam-no desde piá. Aproximou a vista e teve a maior surpresa de sua vida: 1890. Virou para o bodegueiro e comentou com desdém:

— É, o futuro já passou. Está na hora de voltar para casa.

O bodegueiro perguntou de onde ele era. Não gostou da pergunta direta e disse apenas que era de muito longe, de muitos lugares, e enfiou um pedaço de lingüiça na boca. O bodegueiro serviu um café escaldante e não resistiu a um segundo comentário:

— É, então vai ser difícil achar a tua casa.

O capitão perdeu a vontade de tomar café, levantou e falou já na soleira da porta, olhando para a rua:

— É, mas nada é impossível para quem vive no mundo fazendo a vida. — Virou para o bodegueiro, um homenzinho atarracado, e arrematou: — Difícil mesmo deve ser viver pregado num chão qualquer como um toquinho de amarrar bode.

O homem deu uma gargalhada, o capitão baixou a cabeça em sinal de cumprimento, deu *buenas* e saiu. Apressou o cavalariço, subiu na charrete e tocou o animal. O bodegueiro chegou à porta sorrindo. O capitão estalou o relho no ar, cheio de pressa. O bodegueiro, então, gritou para que toda Aldeia dos Anjos ouvisse:

— O velho safado não pagou a lingüiça!

A charrete sumiu na poeira da antiga estrada real para Santo Antonio. O dia nublado dava certeza de chuva pelo caminho. O capitão se surpreendeu com tanto movimento de paisanos a pé, cavaleiros fardados e carroças de todos os tamanhos. Em seguida a chuva desabou. A estrada ficou de imediato empoçada de lama, as rodas de madeira escorregavam no barro. Só pelo meio da tarde venceu o último cerro antes do vale da Porteira da Serra. Pensou que tinha sido ali, cinqüenta anos atrás, que admirara o Vale de Santo Antonio como se estivesse numa varanda para o mundo. Mal a charrete chegou ao alto do morro, o capitão deixou o charuto cair da boca com o que viu à sua frente.

No lugar onde devia estar a fazenda da família, dezenas, centenas de casas, armazéns, sobrados e até a torre alta de uma igreja. Descobriu a velha sede espremida entre casinholas e galpões. Uma rua de barro a cinco passos do alpendre. Ficou em pé na boléia. Olhava ao redor, bufava, sem saber direito o que fazer. Se tivesse um piquete à disposição, ordenaria carga sem prisioneiros. O cavalariço ficou intrigado com a agitação do capitão, mas não ousou abrir a boca. O povoado de Santo Antonio da Patrulha cobria o vale da Porteira da Serra, a fazenda não existia mais. O capitão contemplou o que o tempo fez com sua terra e confundiu, mais uma vez, a história de sua vida com o caminho irreversível do país de seus sonhos. Resolveu entrar no povoado, incomodava-se com os olhares curiosos dos passantes. A charrete mal se movia pelas ruas embarradas. As casas não tinham mais jardins, as ruas passavam a dois metros das portas. Algumas casas pregadas parede a parede, quintais cercados, como em Porto Alegre, Montevideo e Buenos Aires. Aonde queria chegar Santo Antonio?

Parou a charrete onde havia sido o arraial da Porteira da Serra. À frente, cercada de casas como uma ilha de água, a antiga sede da fazenda. Pouco antes, a menos de cem passos, uma igreja, campanários trabalhados em gesso. Fechou os olhos para não chorar, sentia vergonha. Tocou a charrete em direção à casa dos Veiga Martins. Parou no portãozinho, achou que a casa diminuíra de tamanho. Olhou em redor, um outro mundo. Bateu palmas. Uma mulher com cara de índia velha apareceu na janela. "O que o senhor deseja?" O capitão perguntou se ali era a sede da antiga fazenda Porteira da Serra, era. Perguntou pelo dono da casa, não estava. Indagou quem mandava na casa. A índia retrucou "e o senhor quem é?". O capitão respondeu que era Artêmio Sávio da Veiga Martins, filho do senhor Antonio Ernesto e da dona Ezil. A velha índia levou as mãos à cabeça e sumiu casa adentro, gritando. O capitão e o cavalariço ficaram no portão, rindo.

A porta abriu e apareceram a velha e duas criadas. As três se curvaram e se persignaram quando o capitão bateu firme os saltos das botas no tabuado da varanda, a cabeça em pé, insolente e curioso. Cruzou a soleira da porta e foi como entrar na casa no tempo em que era menino, os mesmos móveis, o cheiro, tudo, até as flores na mesa do jantar. A índia se aproximou olhando o chão e falou sem levantar a vista, com medo daquele homem do qual ouvira tantas histórias de guerra:

— O seu irmão foi à usina e já está chegando. Vou mandar alguém chamar. A casa é sua. O senhor fique à vontade. E que Deus seja louvado pela sua volta.

A realidade era igual ao sonho, só que menor. Acariciava o veludo do sofá, puído e esmaecido, as curvas dos encostos das cadeiras, a aspereza da tábua da mesa, o divã de couro onde dona Ezil descansava. Tudo o mesmo, mas pareciam miniaturas diante das lembranças colossais que ele tinha da infância e da juventude. Abriu uma das portas dos quartos. Tudo igual, só que sem luz, sem vida. Reviu o lugar em que dormia ainda com cobertor, travesseiro e o pelego junto à cabeceira, os mesmos bibelôs, os mesmos paninhos rendados, mas qualquer coisa que tocasse, desmanchava entre os dedos, virava caco, farelo, cinza, pó. Talvez se desse um salto, tudo desmanchasse. Não quis ver mais nada. Voltou à sala e sentou na cadeira estofada em que o pai costumava ficar, junto à lareira. Fechou os olhos e ouviu a música do piano, o dó, dó, dó, ré, mi, fá, mi, sol, fá com que dona Ezil enchia a casa nos fins de tarde. Adormeceu sentado e acordou com a voz da índia velha dizendo "senhor, o seu irmão, senhor, o seu irmão chegou". O capitão resmungou, esfregou o rosto com as mãos e levantou devagar como se estivesse colado na cadeira. Virou e então viu o irmão que ele acreditava morto parado em pé, na soleira.

Ernesto Rodrigo da Veiga Martins o olhava com o mesmo sorriso debochado de cinqüenta anos atrás. Vestia uma camisa branca, um colete de brim preto, calças largas abotoadas no tornozelo e sandálias em lugar de botas. Gordo, forte, corado, bem-disposto. O capitão demorou um pouco, mas também sorriu. Ernesto abriu os braços e caminhou em direção ao irmão:

— Artêmio, Artêmio.

O capitão também abriu os braços e avançou:

— Ernesto, meu velho.

Abraçaram-se, recostaram as cabeças e ficaram se afagando como nunca fizeram quando jovens. A índia velha se emocionou e comandou o choro coletivo da criadagem. Continuaram abraçados até que Artêmio bateu nas costas do irmão e disse, "então, meu velho, o que me contas da vida?" Ernesto respondeu que quem devia contar era ele, o grande capitão farroupilha, "pensei que tu tinhas morrido". Virou-se para a índia e mandou que buscasse água quente, erva, cuia e bomba para o chimarrão. E também preparasse um belo de um jantar para o irmão. Carregou Artêmio pelo braço até o sótão, outro antigo refúgio do senhor Antonio Ernesto. Conversaram até noite fechada.

O capitão percebeu logo que o irmão Ernesto era um homem de vida normal, previsível. Um bom filho derrubado de repente por uma tragédia familiar, mas que também soubera levantar a cabeça e voltar à luta até cair de novo, com a morte da mulher, tomar fôlego e tocar adiante. Estes são os homens de verdade, os que lutam a vida inteira. Ele, não. Era diferente. Nem lembrava direito por onde tinha passado. Os últimos anos, então, reparando no calendário, parecia que não haviam existido, faltavam para completar sua história. Sentia-se, na verdade, um homem acabado. Sua memória era como uma peneira, sua consciência de vida, de razão, não existia havia muito tempo. Este instante, agora, com ele refestelado na varanda da antiga Porteira, não passava de um rápido momento de lucidez. Uma lucidez que servia apenas para dizer como deveria ter sido a vida, mas nunca para indicar o melhor caminho a percorrer. Uma lucidez que pousava em sua cabeça para lamentar erros, nunca para corrigi-los. Os erros, o tempo perdido, tudo apenas passado. Quanto tempo ficaria lúcido? Ele era o louco, não havia mais dúvidas. Ernesto era um homem normal. Ele, sim, transformara-se num centauro.

Tentou distrair-se cantarolando uma canção que improvisava ao sabor da melodia. Lembrou-se do povoado de Canguçu, pertinho de Piratini, um lugar onde as pessoas se suicidavam com freqüência, segundo a crença popular. Um homem, afinal, talvez devesse ter direito de determinar a hora do fim. Seu último ato, o derradeiro ato desesperado, poderia ser mais uma tragédia. Talvez, não, não sabia, talvez sim, uma tragédia. Despertou de frio, de madrugada, os lampiões pareciam fantasmas iluminados na neblina da noite. Levantou com dificuldade, foi até o quarto, pegou cobertor de lã, acendeu um charuto e sentou de novo na varanda, à espera do amanhecer; a escuridão, depois de Helena, sempre fora sua melhor companhia.

O cheiro do café forte o despertou. A índia velha, uma caneca fumegante e um pedaço de bolo nas mãos, estava a seu lado, com um sorriso murcho e alegre. Ouviu a voz de Ernesto chamando para tomar café na mesa, "como gente civilizada". A índia arregalou os olhinhos aprovando a admoestação do patrão. O capitão sentiu vontade de ir embora, mas não tinha para onde. Sonhava com outros verbos, uma vida desapegada, dias alheios ao calendário. Mil oitocentos e noventa, quem diria?

Ernesto, de banho tomado, cara escanhoada, comia ovos fritos e morcilha, com uma xícara de café preto e uma caneca de leite fresco, uma saúde de ferro. Sorriu mastigando e apontou a cadeira para Artêmio. O capitão fez sinal que esperasse e foi ao banheiro fazer as abluções costumeiras. Quando voltou, Ernesto já tinha saído. A índia informou que o patrão não demoraria, "pediu que o senhor esperasse um pouquinho". Artêmio imaginou ser esta uma maneira gentil de perguntar quando iria embora. Olhou a mesa do café e ficou enjoado. Resolveu caminhar pelo quintal. E, de novo, surpreendeu-se. Uma cerca limitava a propriedade dos Veiga Martins a uns míseros trinta passos. Como um centauro pode viver cercado, com um campo bem à frente?

Ernesto chegou com o sol alto. Entrou na casa bem-disposto, gestos largos, vozeirão. Convidou o capitão para um passeio e sem demora lá seguiam os dois trotando pela antiga estrada real. Cruzaram o povoado distribuindo cumprimentos. Ernesto sorria a todos, a alguns fazia um comentário bem-humorado, a outros advertia como se fosse um professor. A charrete não diminuía o pique. Em seguida, deslizavam junto à lagoa. Ernesto não parava de falar. O capitão seguia em silêncio, apreciando a paisagem que não via havia tantos anos. De repente, o charlado do irmão atraiu sua atenção. Como? "A República, capitão, o que o senhor está achando da República do Brasil?", perguntou Ernesto. Artêmio puxou as rédeas da mão do irmão. "Como República?" Ernesto ficou contrariado:

— O que houve? O senhor não sabe que o Brasil é uma República livre? Por acaso o senhor também desconhece que os rio-grandenses estão lutando novamente pela independência? O Rio Grande agora quer virar um Estado independente do Governo central. Para quem viveu uma vida inteira de guerras, o senhor, meu capitão, me parece muito ignorante da situação política de seu país.

Artêmio apeou da charrete e caminhou à beira da lagoa. Ernesto o seguiu. Não, ele ainda não sabia. Seus últimos anos haviam sido em cima de uma cama de pensão, não se lembrava de ter conversado com ninguém além da arrumadeira e do criado da cozinha. Traziam-lhe os remédios de que necessitava e a comida, nunca as novidades da rua. Não sabia de nada. Ernesto contou em pormenores como o Império tinha caído de maduro, "para não dizer coisa pior". O imperadorzinho, o Dom Pedrito, lembra Artêmio?, foi mandado embora já homem velho, com uma mão na frente e outra atrás. As guerras da fronteira rasparam os cofres da Corte, o país se endividou para sempre. As nações imperiais não admitiram continuar subvencionando um Império decadente, movido a escravidão. Exigiram a mudança do sistema de governo. Primeiro, acabaram a escravidão, depois a nobreza. Queriam gente trabalhando, tocando as fábricas, as indústrias, nada de nobre vagabundo, nada de escravo preguiçoso. O mundo inteiro mudou de rumo. Eles diziam que assim o país se abriria aos interesses estrangeiros e os Impérios da Europa teriam assegurados o que reclamavam ser seus direitos. O Rio Grande, nestas condições, ficou numa situação muito ruim. Tem de trabalhar para ajudar o Brasil a pagar a conta de tantas guerras, inclusive contra o próprio Rio Grande. Agora os gaúchos estão de novo armados para lutar contra o regime, desta vez a República do Brasil. O general Gumercindo Saraiva comanda o levante. Na campanha, os piquetes maragatos peleiam contra a Guarda Nacional, os chimangos. Um desses piquetes, comandado por um fazendeiro de Rosário, Honório Lemes, é dos mais combativos na zona da fronteira e enche o Rio Grande de orgulho. Artêmio interrompeu o irmão para perguntar se por acaso este Honório era filho do capitão de guerrilha Augusto Lemes. Era. Artêmio revelou que havia combatido ao lado de Lemes, "o guri Honório era muito amigo de meu filho". Ernesto

Martins, então, tomou coragem e pediu para que o irmão contasse um pouco de sua vida, o que tinha acontecido nestes cinqüenta anos. Artêmio voltou para a boléia da charrete e chamou o irmão:

— Vamos passear que eu vou lhe contar o que é a vida.

Voltaram para casa ao entardecer, a índia aflita no portão. Ernesto ficou muito impressionado com a desventura do irmão. Sentou na varanda e concluiu que a vida tinha sido dura com Artêmio. O capitão-guri vira a mulher degolada e o filho pisoteado por cavalos; vira os companheiros destroçados por uma carga de cavalaria por causa da traição de um general e vira centenas de crianças queimadas vivas como se fossem uma ameaça real ao Império do Brasil. Agora, estava ali, na miséria, pronto para morrer, mas teimando em levantar todos os dias como se fosse um sol.

O capitão e o irmão discutiram pela primeira vez como há cinqüenta anos numa manhã de chuva fria. O capitão não entendia aquela obstinação pelo trabalho e o pouco interesse em desfrutar os encantos da natureza. Ernesto deplorava o imobilismo inconseqüente, a pura preguiça do irmão em enfrentar a vida. Artêmio disse que Ernesto precisava lutar a facão num entrevero de verdade para sentir a diferença entre o cheiro da morte e o da vida. Ernesto retrucou que era muito melhor com o facão e além do mais tinha quatro dedos a mais de altura, Artêmio que nunca se esquecesse disso. O capitão ouviu como um desafio e respondeu à maneira dos revolucionários:

— O senhor não sabe se é melhor ou pior do que eu. Nunca nos enfrentamos a valer, com arma na mão. E tem mais. O senhor não é mais alto do que eu. Foi. Agora está mirrado, um velho corcunda, não é mais alto do que eu! E podemos decidir a questão em qualquer lugar, a hora que o senhor achar mais conveniente.

O velho Ernesto ergueu bem a cabeça para ficar mais alto que o irmão, conseguiu, e encerrou o assunto:

— Vivi minha vida inteira combatendo pela felicidade de minha família, não quero chegar ao fim tendo de justiçar um irmão. Sou um homem honrado. O senhor só entende de lutas, de matar e de morrer. Eu entendo de vida, de viver e de deixar viver.

Ernesto prosseguiu com um discurso sobre os direitos da propriedade dos Veiga Martins. Ele era o senhor de tudo, o mais velho, o filho que tinha ficado em casa. Artêmio interrompeu para dizer que Ernesto só não tinha ficado em casa no dia do ataque imperial à fazenda. Foi como uma gota d'água num copo cheio. Ernesto se pôs de pé em um salto, nem parecia um velho de 74 anos. Pegou na parede, em cima da lareira, a espada de aço com bainha de cobre que o senhor Antonio Ernesto Martins esgrimira nas conquistas cisplatinas. Apontou para Artêmio com os olhos arregalados e falou baixinho, em tom de ameaça:

— O senhor não me acuse de nada. O senhor não tem direito. Eu é que posso acusá-lo e ainda lhe dar uma lição mesmo que o senhor esteja caindo aos pedaços como bicho podre.

Balançava a espada diante da cara impassível de Artêmio. Ficaram em silêncio algum tempo, Ernesto suava e bufava. O capitão falou devagar e decidido:

— Ninguém jamais me apontou uma arma sem ficar impedido de respirar no minuto seguinte. O senhor é um tolo. Um velho tolo. Eu vou decidir depois se o senhor merece continuar vivendo. Agora, vou tomar um banho.

Saiu cambaleando pelo corredor, mas ainda pôde ouvir o desaforo fatal:

— Só aquele bagual que matou a tua mulher. Este tu deixastes vivo, não é?

Chovia muito em Santo Antonio da Patrulha quando o dia amanheceu. Nem os galos cantaram nem as flores abriram. A água batia nas telhas e escorria pelas calhas de metal. O capitão demorou a levantar da cama. Um dos criados bateu de leve na porta do quarto, avisando que o café esfriava na mesa e o senhor Ernesto esperava para uma conversa. Ergueu-se com disposição, foi ao banheiro e em cinco minutos entrava na sala de jantar, pronto para o que desse e viesse. Ernesto esperava de pé, com um livro na mão. O capitão não resistiu e provocou:

— Tu já aprendestes a ler direitinho? Vou te dar alguns dos meus escritos, podes aprender muito.

Ernesto se manteve calado, esperou o irmão se ajeitar à mesa, depois puxou uma cadeira para o lado, sentou e começou a falar bem devagar:

— Muito bem, senhor capitão Artêmio Martins. Como tu mesmo sentistes, não é possível que nós dois ocupemos o mesmo espaço. Sempre foi assim. Eu sou o primogênito, fiquei cuidando da casa, e tu és o caçula, fostes à guerra. Naquele dia desgraçado foi o destino que me tirou daqui. Não posso fazer nada contra isso. Foi o destino. Tu jamais te preocupastes de verdade com a nossa família. Fez a tua própria família e o destino também te reservou uma grande tragédia. Agora, estamos os dois aqui nesta casa. Eu quero te dizer que tu deves seguir teu caminho. Eu não o quero aqui!

Artêmio respondeu tranqüilo:

— Tu, eu não sei, mas eu, eu garanto que vou ficar por aqui. — Olharam-se sem afastar a vista, Ernesto vermelho de raiva. Artêmio completou: — Proponho que a gente decida tudo num jogo, qualquer jogo, como antigamente. Quem ganhar, manda na casa. Quem perder, se manda. Então, qual vai ser o jogo, meu irmão?

Ernesto não raciocinou para responder:

— Espadas! Agora! E aqui mesmo!

A determinação do irmão surpreendeu o capitão. Ernesto saiu para o salão principal. O capitão olhou a mesa posta com café, pães, bolos, manteiga, pasta de fígado, geléia de goiaba, pegou um pedaço de bolo de milho, mas desistiu antes de levar à boca, um homem luta melhor quando está com fome. Saiu atrás do irmão.

Ernesto brandia a espada do pai desembainhada, estendida na mão direita. Na esquerda, segurava outra espada protegida pela bainha. Atirou esta para o capitão e disse rosnando, como na juventude:

— O senhor é quem quis assim. Agora vamos saber por fim quem é o verdadeiro filho do senhor Antonio Ernesto. Se o Artêmio ou o Ernesto. Eu aposto em mim. Em guarda!

O capitão desembainhou a espada e vibrou logo um golpe forte na lâmina de Ernesto. Trocaram vários golpes com um sofá a separá-los. O barulho das armas era ouvido na rua como as badaladas de um sino. Os dois irmãos da Veiga Martins lutavam por coisa alguma, incapazes de discernir entre realidade e fantasia. Eram dois velhos cansados, logo as espadas pesaram demais. Vibravam golpes frouxos e arriscados. A cada investida ficavam mais vulneráveis. Despedaçaram a metade da casa em movimentos lentos, mas vigorosos. A sede da Porteira da Serra, quase cinqüenta anos depois, sofria o ataque que os imperiais dispensaram depois de dar um tiro de canhão no patriarca. Os dois irmãos destruíram cadeiras, sofás, mesas, candelabros e até a cristaleira da sala de estar, uma peça centenária. Bateram-se pelo corredor, entraram pela cozinha e saíram para o quintal. Os criados sumiram, os bichos do pátio correram alvoroçados. A chuva havia diminuído. Artêmio e Ernesto continuavam a dança de espadas, um espetáculo bizarro. Aos poucos, mais experiente, o capitão começou a dominar o duelo. Ernesto sentia o peso dos anos e a precipitação dos golpes. Artêmio passou a se defender com facilidade e a contra-atacar com precisão, acertando algumas estocadas. A camisa branca de Ernesto manchou de sangue nos braços, no peito. Àquela altura, o capitão ria de sua superioridade evidente, Ernesto babava de ódio. A índia velha voltou com socorro da vizinhança, alguém tinha de parar aquela loucura, mas todos, entretanto, respeitaram a luta dos dois velhos, o duelo, para os gaúchos, sempre foi um meio justo de alguém decidir uma pendenga. O socorro virou platéia entusiasmada com a ferocidade dos dois combatentes. O capitão já tinha a luta sob controle. Ernesto, humilhado, levava pranchaços nos braços, nas costas, nas pernas, mas avançava com fúria redobrada a cada golpe desmoralizante. De repente, o capitão se desequilibrou no barro e caiu esparramado com as costas no chão. Ernesto tentou aproveitar a situação e se jogou para a frente, a espada levantada, o golpe mortal preparado, mas também escorregou na lama. Artêmio tentava se erguer quando o irmão caiu sobre a espada, a arma varou o ombro esquerdo de Ernesto. Os dois ficaram amontoados, um sobre o outro, em uma poça de lama ensangüentada.

O médico do povoado passou um dia e uma noite na cabeceira da cama de Ernesto. Criados, amigos, vizinhos entravam e saíam cochichando como corvos curiosos. O capitão esperou sentado na preguiçosa da varanda até que o médico saiu do quarto enxugando as mãos:

— Pronto, seu Artêmio Martins. O seu irmão Ernesto não resistiu ao ferimento. O senhor deve estar de parabéns.

Saiu pelo portão sem dizer mais nada, Artêmio continuou em silêncio, olhar perdido nos anjinhos pingentes do campanário da igreja. Os criados saíram pelos fundos. A índia velha passou por ele sem dizer palavra, fechou o portão atrás de si e desapareceu em direção ao centro do povoado. Artêmio ficou só na casa de seus pais, o corpo do irmão mais velho morto na cama do casal.

— Pedro Ernesto Romano Martins!

— Aqui, comandante.

— Tu tens de ir agora a Porto Alegre entregar um malote. Vais ao sobrado ao lado da cadeia da Justiça falar com um cidadão rio-grandense. Toda a ação corretiva na zona da fronteira depende deste malote. Tu entendestes?

— Entendi, comandante.

— *Buenas*, então, te manda.

Pedro Ernesto admirava o companheiro de infância, mas detestava o jeito militarista de tratar a todos como subalternos. Considerava a guerrilha federalista como a maior das trágicas utopias liberacionistas que animavam o povo gaúcho, mas acreditava que a guerra era obrigação dos filhos que tinham visto os pais passados no fio do facão. Agora era um centauro de Honório Lemes e iria até o fim. Saiu de Rosário a galope.

Pedro entregou a sacola de documentos e poderia ter dado meia-volta, mas perguntou como andavam as novidades e a resposta virou sua vida de cabeça para baixo, bem como acontecera a seu pai tantas e tantas vezes. O homem do malote disse que tudo andava muito mal. A questão principal era estabelecer um canal de comunicação, um posto de contato para as tropas de Gumercindo Saraiva, entre o acampamento de Lages e Porto

Alegre. Sem isso, sem essa base de apoio, os federalistas estariam isolados e seriam para as tropas republicanas o mesmo que um bando de perdizes para caçadores esfomeados. O ponto poderia ser em Santo Antonio, metade do caminho entre as províncias de Rio Grande e Santa Catarina. Um velho simpatizante da causa farroupilha anos atrás, o senhor Ernesto da Veiga Martins, poderia ajudar. O problema era saber quem teria capacidade para fazer esta ligação entre Ernesto e Gumercindo. Pedro Ernesto sentiu uma onda de esperança invadir sua alma. No outro dia, depois de despachar um emissário de confiança do homem do malote para Rosário, já trotava com alegria pela trilha da Aldeia dos Anjos.

Além do sofrimento pela morte do irmão, o capitão Artêmio Martins suportou alguns contratempos jurídicos para sobreviver na mais completa miséria. Recolhido à casa abandonada, fazia com extremo pesar o exclusivo trajeto entre quarto, banheiro e cozinha, jamais voltou a pôr os pés na rua, comia só restos de mantimentos da despensa e o que recolhia pelo quintal, mas o providencial retorno da índia de Ernesto o livrou de morrer soterrado pelo lixo. A velha também não tinha onde cair morta, dedicou-se a limpar a casa e o terreno e os dois passaram a viver do que possuíam. Trocavam animais, ovos e hortaliças por açúcar, sal, farinha e feijão. O capitão, de uma hora para outra, percebeu que poderia morrer sossegado, embaraçado nas histórias que insistia em escrever todas as manhãs mesmo sem conseguir ler uma palavra sequer. Em caso de muita necessidade, poderia vender a prataria da casa, teria um sepultamento civilizado, não alimentaria os abutres. Mas a visita de um funcionário do cartório de registros distritais trouxe o capitão de volta ao mundo dos vivos e levou embora a certeza de que tudo de ruim tivesse passado.

O funcionário foi recebido na sala de estar, os móveis marcados pela luta de espadas. O capitão deu *buenas*, se ajeitou na poltrona, rogou que fosse breve e não disse mais nenhuma palavra, apenas encarou o funcionário público. Este fez um grande arrodeio para dizer que o governo da Província precisava regularizar a situação fundiária da região e encerrar o seu primeiro censo populacional e que ele tinha a missão de examinar os documentos pessoais do capitão e o registro escriturado da propriedade. Disse também que o cabo de Polícia do povoado recebera ordens de instaurar inquérito oficial para averiguar as reais circunstâncias da morte do senhor Ernesto Martins, cidadão bem-visto e que morrera de modo tão bárbaro. Mas se por acaso o capitão voltasse para o lugar de onde tinha vindo, o funcionário se prontificava a providenciar o necessário à viagem, pois a ausência do capitão levaria ao esquecimento do inquérito e à solução definitiva para a questão da propriedade. Diante da impassividade do intimado, deu o assunto por encerrado e saiu sorrindo e ameaçando trazer soldados e oficial de justiça na próxima visita.

Artêmio passou os dias seguintes inquieto. Sabia que o funcionário do cartório representava alguém interessado na casa dos Veiga Martins e que voltaria com a Lei debaixo do braço. Em pouco tempo deixou-se vencer. A tensão continuada provocava tempestades de cenas relâmpagos em sua cabeça. Ele já não raciocinava, só via fragmentos do passado. Decidiu não reagir mais, fosse o que fosse. Nada valia a pena viver. Não decifrara o enigma da própria vida, perdia o interesse de ficar com os olhos abertos. Nada que o cinza da chuva e o azul da serra provocassem amenizaria a tristeza de se ver velho, só e louco.

A índia tentou dar pouca importância às manias do capitão, cada vez mais confuso, autoritário e distraído, mas ficou alarmada de verdade e ameaçou chamar o médico quando viu o novo engenho que ele estava montando ao redor da cabeça: uma armação de madeira, apoiada nos ombros, uma espécie de chapéu-gaiola. Na frente, em lugar da portinhola, uma garrucha com o gatilho preso numa mola de ratoeira, o cano apontado para dentro. Quem colocasse o chapéu-gaiola e virasse a cabeça, bateria na armação e a arma dispararia. Simples e eficiente, na lógica do capitão. A índia ainda teve o desprazer de assistir a uma demonstração da eficácia do engenho no fundo do quintal. O capitão colocou o chapéu-gaiola num leitão pequeno e enxotou o bicho. O animal caiu fulminado antes de dar o segundo passo. A mulher ficou muito abatida, mas ele tinha certeza de que ela não iria embora. Não tinha para onde, como ele.

Passou a usar o chapéu-gaiola nas horas que considerava mais convenientes. Conquistou momentos de paz e concentração porque a índia não lhe dirigia a palavra quando ele estava com a garrucha apontada para o meio dos olhos. Caso fosse atraído, por qualquer motivo, a virar a cabeça, morreria. E seu primeiro teste não demorou. O funcionário do cartório voltou e bateu palmas no portão, gritando que era a Lei. O capitão continuou imóvel, a índia havia saído. O homem cansou e foi embora, mas antes alardeou para toda vizinhança ouvir que voltaria com a Polícia, "lugar de assassino é na cadeia". O capitão resistiu. Mas no segundo teste, falhou.

O dia seguinte amanheceu frio e ensolarado. Acordou com a indisposição costumeira e mal acabou de tomar o café enfiou a gaiola na cabeça. Ajeitou-se na poltrona de couro junto à lareira e recomeçou a interminável leitura do *Livro de Helena*. Encontrara, no sótão, a antiga lente de aumento do senhor Antonio Ernesto embrulhada junto com um punhal. Agora podia ler novamente, embora a história embotasse seus olhos e alma. A espada que lutara no Uruguay e matara seu irmão refulgia na parede à luz das labaredas. Bateram palmas no portão, manteve-se imóvel. As palmas insistiram, duas, três vezes, até que a velha índia apareceu, "já vou, já vou". O capitão fechou o livro e esperou olhando as achas de lenha arderem. A índia voltou nervosa e disse que tinha um moço lá fora querendo falar com o dono da casa, seu nome era Pedro Ernesto Romano Martins. O capitão virou a cabeça, a arma disparou.

"Os homens do campo, os gaúchos, enquanto o Rio Grande não for uma nação livre, serão apenas flores sem direito à terra onde brotaram e morrerão ao mais leve suspiro do vento, a pretexto de nada."

A última frase do *Livro de Helena*. Pedro Ernesto leu e sentiu algo como um tropel de cavalos e a imensidão do pampa dentro do peito. Aquele homem que tinha encontrado com um tiro na cabeça era o seu pai. Fechou os olhos e teve medo de dissolver-se numa bruma de encantamentos. Agarrou a mão do capitão e acariciou o pedaço de rosto que sobrava das bandagens do curativo. Artêmio Martins sobrevivia, imobilizado na cama, com uma bala encravada na base do crânio.

O capitão reabriu os olhos numa madrugada. Olhou o teto por alguns instantes, tentou erguer a cabeça e sentiu uma pontada profunda na nuca. Não conseguia mexer-se. Tentou chamar a índia, mas a dor só permitiu um ronco lamurioso. Percebeu então o vulto de uma pessoa sentada ao lado da cama, era um homem e dormia. O capitão roncou mais alto, nada. Primeiro pensou que fosse o médico, mas lembrou-se das últimas palavras que ouvira antes de ser atingido: Pedro Ernesto. Era ele. Seu filho estava ali, ao lado, dormindo sentado, esperando o pai se recuperar. Seu filho era um homem. E o tinha encontrado como um louco, enfiado numa gaiola mortal. E Helena, onde andaria Helena? Por que não estava ali? Roncou e roncou até que balbuciou Pedro, Pedrinho. Não adiantou, seu filho dormia a sono solto, exausto da longa vigília. Parou de tentar falar quando percebeu a claridade nas venezianas, amanhecia. Sentia-se o homem mais feliz do mundo. Não demorou muito e a porta do quarto abriu. A índia velha, o capitão notou pelo passo miúdo, ajeitou o cobertor e depois limpou-lhe o rosto com um pano umedecido em água morna. Então o capitão abriu os olhos de repente, só para assustar a pobre mulher. Ela deu um pulo para trás e gritou "Deus, nosso senhor!". Pedro Ernesto acordou sobressaltado. Levantou, viu os olhos abertos do pai e escancarou a janela de par em par, para a luz entrar. O capitão Artêmio Martins sorria. Pedro Ernesto ajoelhou ao lado da cama, pegou as duas mãos do capitão e disse "meu pai, meu pai, que bom te encontrar de novo". Os dois começaram a chorar e a rir, nervosos e inseguros sob tanta emoção.

A velha casa dos Veiga Martins reabriu no outro dia, de manhã cedinho. A índia comentou alegre com Pedro Ernesto que o ar da manhã e o sol lavam a alma de uma casa quando as janelas e portas são abertas com carinho e esperança em uma vida melhor. Pedro sorriu e disse que o ar estava respirável, afinal. Comeu com disposição enquanto a velha cantarolava contentamentos indígenas, ela voltara a visitar com freqüência a tribo da serra.

Em dois dias o capitão já podia caminhar pela casa, amparado pelo filho. Arrastava-se radiante. Pedro Ernesto dizia que ele parecia um guerreiro persa, turbante enrolado na cabeça. Riam por qualquer motivo. Só o médico não compartilhava a animação, queria ver o paciente embarcado para Porto Alegre para extrair a bala. Mas o capitão botou um ponto final no assunto:

— É só um chumbinho de garrucha. Deixa aí. É uma lembrancinha que vou levar pro outro mundo.

Pedro Ernesto concordou, a remoção não valia o risco. O capitão já chegara aos 72 anos de idade e padecia de antigos ferimentos em combate. Preferia conversar alguns dias com o pai do que o perder numa aventura médica na capital. A índia se intrometeu e disse ser preciso ter fé em Deus e levar o ferido para ser operado logo. O capitão retrucou que, se dependesse de Deus, já podiam ir encomendando o tílburi para enfeitar o féretro.

Pai e filho passavam os dias na varanda em prosa desatada. O capitão não cansava de contar aventuras e Pedro Ernesto de ouvir. E ouvia como se escutasse a leitura do livro que tinha obrigação de ler para entender melhor a vida. Os dois evitavam falar de Helena. Quando diminuiu o ritmo da narrativa, com pausas maiores entre um episódio e outro, Pedro Ernesto foi tomando a palavra aos poucos até que começou a criticar o tipo de vida que o pai levava, onde já se viu um homem dignificado pelo próprio passado andar com uma gaiola mortal enfiada na cabeça. O capitão devia, na opinião de Pedro Ernesto, se dedicar a escrever suas memórias, seria um documento histórico para a posteridade entender o que houve de verdade no século de guerras que ensangüentaram o Rio Grande. O capitão ria do palavreado do filho, mas se sentia tão feliz quanto envergonhado. Não tinha coragem de mostrar a grande obra de sua vida, a sua missão na guerra, o mapa do país imaginário, um mapa que desenhou tão escondido ao longo de todos esses últimos cinqüenta anos que talvez nem ele mesmo tenha visto por inteiro, à luz do sol e da realidade. Apagou o mapa da cabeça, desta vez para sempre, prometeu comportar-se como um homem decente e pediu ao filho, enfim, para lhe contar o que havia acontecido com Helena Romano.

Pedro Ernesto não se deu conta de que a revelação seria uma autorização final para o pai morrer. Falou com toda a profunda paixão que sentia pela mãe. Contou que depois do ataque estiveram no Alegrete, Buenos Aires e depois Porto Alegre. Disse que Helena não superava a dor de viver longe da campanha e então voltaram para o *nhu-porã*. Moraram lá por mais de dez anos. A doença da mãe e a necessidade de ele estudar os trouxeram de volta para a capital. Viveram em paz e prosperidade até Helena recomeçar a ver o capitão em todo lugar, a falar com ele, a se comportar como se ele estivesse vivo. Sucumbiu lentamente às seqüelas dos ferimentos. Morreu sentada na cozinha, sorriso nos lábios, como um anjo, uma santa. "Como uma mulher digna", completou Artêmio. Pedro insistiu. Disse que levou a mãe para ser sepultada em Rosário e que não conseguiu mais deixar a campanha. Anos depois juntou-se ao piquete de Honório Lemes, velho amigo que o capitão conhecia muito bem, agora tinha a missão de contatar as tropas de Gumercindo Saraiva, ele também lutava pela independência do Rio Grande, a saga da família Martins prosseguia. Mas o capitão já não o escutava. Imaginava Helena bem velhinha, vestido branco, sentada na cozinha da fazenda do *nhu-porã*. Não conseguia nem chorar. Tantos anos de desencontros. Pedro notou que o pai se emocionara muito e resolveu sair um pouco, afinal nem conhecia direito a terra dos Veiga Martins.

O capitão entristeceu de vez. Passava horas sentado num banquinho da cozinha, olhos fixos na luz clara do quintal. Pedro Ernesto viajou para encontrar os revolucionários e a casa submergiu outra vez nas sombras da dor e da solidão.

A índia velha cantava como um curió numa manhã de sol quando o capitão entrou na cozinha, ajeitou o banquinho, sentou e pediu que ela fizesse silêncio porque ele estava morto. A índia reclamou que lá vinha ele com brincadeiras fúnebres e passou a falar sozinha sobre algo como a ignorância dos homens a respeito da própria grandeza e a límpida convivência dos animais com a natureza. O capitão continuou de olhos fechados, em silêncio. A índia fritou pimentões e cebolas para o molho da carne assada na panela e ralou um montinho de queijo duro enquanto fazia dezenas de perguntas ao capitão sobre como ficariam as coisa dali em diante. Nenhuma resposta. Arrumou a mesa do jantar e colocou a comida nas travessas, pronto, almoço servido. Chamou o capitão de velho preguiçoso que dormia uma manhã inteira depois de uma noite de sono, mas ele continuou impassível. A índia achou que a preguiça já ia longe demais e cutucou-o com uma colher de pau, nada. Chamou seu nome várias vezes, sacudiu-o pelos ombros, mas nada adiantou, desta vez o capitão não estava brincando, estava morto mesmo.

Pedro Ernesto chegou cinco dias depois, com um punhado de valentes na esteira. Passou a cavalo pelo portão e apeou no soalho da varanda. "Pai, demos uma surra na chimangada!" Estancou na soleira da porta. O mesmo cheiro, o mesmo ar frio do dia em que encontrara a mãe morta. Suspirou um não e caiu de joelhos.

A índia contou com voz sumida como o capitão morrera tão sereno, sentado na cozinha. Pedro Ernesto ouviu em silêncio, o germe da loucura dançando em seus pensamentos como um vaga-lume na noite negra. Resolveu voltar à guerra de imediato. Reuniu a gauchada em dois gritos e montou no cavalo como um guerreiro, um capitão. A índia correu para fora a tempo de segurar as rédeas e impedir que o centauro andasse, então falou com a ternura que só os índios possuem:

— O meu povo viu quando o capitão Artêmio Martins saiu durante a noite e trotou pelo campo até que uma mulher desceu da serra por cima das árvores e se juntou a ele. Os dois desapareceram cavalgando lado a lado. O meu povo diz que nunca mais voltarão porque agora eles estão dentro de nós.

Pedro Ernesto puxou as rédeas, sorriu e falou olhando nos olhos da índia velha:

— Eles vão voltar, sim. Basta que esta terra vença a imaginação e exista de verdade, então eles voltam. Eles são centauros, a senhora não sabia? É como uma lenda.

Deu *buenas*, cutucou o cavalo e seguiu no rumo da guerra.

Este livro é dedicado a Moacyr Flores, Walter Spalding, Barbosa Lessa, Paixão Côrtes, Darcy Fagundes, Noel Guarany, Francisco Pereira Rodrigues, Érico Veríssimo e todos os jornalistas, escritores, professores, historiadores e tradicionalistas rio-grandenses que mantêm aquecida a imaginação do povo gaúcho.

Bibliografia

Báez, Cecílio. *El mariscal Francisco Solano López.* Assunção, América Editora, 1926.

Barcelos, Ramiro. *Revolução de 1835 no Rio Grande do Sul.* Porto Alegre, Corag, 1987.

Bautista, Juan. *La Guerra del Paraguay (...las maquinaciones del Brasil).* Buenos Aires, Caldén, 1962/1863.

Best, Félix. *Historia de las guerras argentinas.* Buenos Aires, Biblioteca del Oficial, 1960.

Cardoso, Fernando H. *O negro na sociedade escravocrata.* Rio de Janeiro, Paz e Terra, 1977.

Chiavenatto, Júlio José. *Genocídio americano: a Guerra do Paraguay.* São Paulo, Brasiliense, 1979.

Donghi, Halperin. *História da América Latina.* Rio de Janeiro, Paz e Terra, 1975.

Dreys, Nicolau. *Notícia descritiva da província de São Pedro.* Porto Alegre, IEL, 1961.

Flaubert, Gustave. *Salambô.* São Paulo, Max Limonad, 1985.

Flores, Moacyr. *Modelo político dos farrapos.* Porto Alegre, Mercado Aberto, 1978.

——. *A Revolução Farroupilha.* Porto Alegre, Editora da Universidade (UFRGS), 1990.

García Márquez, Gabriel. *Cem anos de solidão.* Rio de Janeiro, Record, 1977.

——. *O general e seu labirinto.* Rio de Janeiro, Record, 1989.

Garibaldi, Giuseppe. *Memórias autobiográficas.* Porto Alegre, Martins, 1987.

Laytano, Dante de. *História da República Rio-Grandense*. Porto Alegre, Sulina, 1983.

——. *O linguajar do gaúcho brasileiro*. Porto Alegre, Escola Superior de Teologia, 1981.

Lockhart, W. *La vida de dos caudillos: los Galarza*. Montevidéu, Ediciones de la Banda Oriental, 1968.

Nabuco, Joaquim. *La guerra del Paraguay*. Buenos Aires, Editorial de Belgrano, 1977/1901.

Paz, Leon Rebollo. *Historia de la organización nacional*. Buenos Aires, Cultura Argentina, 1951.

Pelizza, Mariano. *La dictadura de Rosas*. Buenos Aires, Cultura Argentina, 1948.

Quesada, Vicente. *La política imperialista del Brasil*. Buenos Aires, Casa Vaccaro, 1920.

Rodrigues, Francisco Pereira. *A cruz maragata*. Porto Alegre, Martins, 1988.

——. *O último sangue de 93*. Porto Alegre, Martins, 1996

Sampaio, Fernando G. *Bento Gonçalves, mito e história*. Porto Alegre, Martins, 1984.

Spalding, Walter. *Farrapos*. Porto Alegre, Sulina, 1939.

——. *A Revolução farroupilha*. Brasília, Companhia Editora Nacional, 1980.

Varela, Alfredo. *História da grande revolução*. Porto Alegre, Globo, 1933.

——. *Revoluções cisplatinas*. Porto Alegre Chardron, 1915.

Werneck Sodré, Nélson. *Formação histórica do Brasil*, São Paulo, Brasiliense, 1963.

Consulta de documentos históricos:

Arquivo do Congresso Nacional (Buenos Aires), *Historia de la Argentina* — tomos 3, 4 e 5.

Faculdad de Filosofía y Letras (Buenos Aires), *Organización de la República* — tomo 3.

Museu Júlio de Castilhos (Porto Alegre), *anais e jornais de época*.

Instituto Histórico e Geográfico do Rio Grande do Sul (Porto Alegre), *anais*.

Biblioteca do Museo Histórico Nacional (Montevidéu), *anais*.

Este livro foi composto na tipologia American
Garamond, em corpo 12/15, impresso em papel
Chamois Fine 80g/m² no Sistema Cameron
da Divisão Gráfica da Distribuidora Record.